双葉文庫

京都の甘味処は神様専用です

桑野和明

Contents

京都の甘味処は神様専用です

プロローグ

きっと、僕は幸せなんだ。

十六歳になるまで重い病気にかかることもなく、健康に過ごせたし、高校受験も第一志望に合格できた。

ただ、その高校には一年しか通うことができなかったけど。

それには事情がある。

二ヶ月前に父さんと母さんが交通事故で死んだからだ。父さんと母さんは日曜日に二人で買い物に行った帰りにトラックに轢《ひ》かれた。

二人とも即死だったらしい。

もちろん、父さんと母さんが苦しまなかったとはいえ、そのことは幸せとはいえない。

今でも二人のことを考えると心がざわつく。

食事の量が減ったし、眠れない日も増えた。

それは当たり前のことだろう。四十代の親が死ぬなんて考えている子は少ないと思うし。

でも、僕は幸せなんだ。

だって、僕には七つ年上の姉さんがいるから。

姉さんは小さなマンションに住んでいて、僕を引き取ってくれることになった。

だから、住む場所もなんとかなるし、食べ物に困ることもない。ただ、住み慣れた東京から京都に引っ越すことになるのが、ちょっと不安かもしれない。

いや、それも幸運なことかな。

『清水《きよみず》の舞台』で有名な清水寺。

十円玉に刻まれている平等院鳳凰堂《びょうどういんほうおうどう》。

黄金色に輝く金閣寺《きんかくじ》。

世界遺産に登録された文化財を自分の目で確かめることができるのだから。

だから、父さん、母さん、安心して。

二人がいなくなっても僕は大丈夫。

姉さんといっしょに幸せに生きていくから。

第一話　桜餅

狐色に焦げ目がついた焼きたてのトーストと温かいコーンスープ。

アボカド入りの野菜サラダにスクランブルエッグ。

それらが並んだ白いテーブルを眺めて、僕は満足げにうなずいた。

究極の朝食メニューってわけじゃないけど悪くない出来だ。

トーストにはバターとブルーベリージャムが使えるし、スクランブルエッグといっしょに食べてもいい。野菜サラダは栄養バランス的にも、やっぱりあったほうがいいだろう。

インスタントのコーンスープは、ちょっと手抜きだったかな。

まあ、手間のことも考えるなら、これはこれでいいか。

あとは食後の珈琲《コーヒー》の準備をすれば完璧《かんぺき》だ。あ、牛乳あったかかな。

「どういうことぉ？」

突然、背後から、間延びした声が聞こえてきた。

振り返ると、リビングのドアの前にパジャマ姿の姉さんがいた。姉さんはぼさぼさの長い黒髪をかき分けながら木製のイスに座る。ノドの奥まで見えるあくびをした後、エプロン姿の僕を見つめる。

「どうして和食じゃないの？　瑞樹《みずき》きゅん」

「…………まず、弟に『きゅん』づけは止《や》めて欲しいかな。それから、朝食の件だけど、別に洋食でもいいんじゃ？」

「ダメだって。ここは京都なんだから」

そう言って、姉さんは窓を指差す。マンションの五階の窓からは朝の太陽に照らされた二条城《にじょうじょう》が見える。

「ちょっと待って！　ここが京都なのと朝食の関係がわからないよ」

「これだから、東京もんは…………」

「姉さんだって生まれは東京じゃないか。それに京都に住み始めたのだって、まだ、四年だし」

「四年も住んでいたら、生粋《きっすい》の京都人と同じだから。いや、同じどすえ」

「絶対に、その言葉遣いおかしいって」

ため息をついて、僕は姉さんに冷たい視線を送る。

天野由香《あまのゆか》――二十三歳。僕の姉で、職業は小説家だ。数年前にネットで発表していたホラー小説が書籍化されて大ヒットした。

もともと、大雑把《おおざっぱ》で楽観的な性格の姉さんは、せっかく就職した京都の会社を辞め、印税で買った2LDKのこのマンションで執筆生活をしている。

身長は僕より五センチ低い百五十六センチ、ほとんど部屋の中で生活しているせいか、色白で不健康な印象がある。

でも、美人なんだろう。弟の自分の目じゃわかりにくいけど、美人小説家とネットの記事で紹介されたこともあったし。

「僕が作った朝食が不満なら食べなくてもいいよ」

「えーっ、いけず、いけずだよ」

無理に京都弁を使いながら、姉さんはコーンスープの入った白いカップに手を伸ばす。

「瑞樹たんは美形でかわいいのに心は冷たいよね」

「『たん』づけも止めてよ。あと、僕は美形でもないし、かわいくもないから」

「はぁ？　無自覚ぅ？」

整った姉さんの眉がぴくりと動いた。

「自分の姿を鏡で見たことないの？　さらさらの髪に澄《す》んだ瞳、小顔で色白で体格もすらりとしてるじゃん。私の小説に瑞樹を登場させるなら、透明感のある中性的な美少年って、描写するから。あ…………それいいかもしんない。美少年殺人鬼、天野瑞樹とか」

「……本名で殺人鬼役はちょっと」

「ほんとわがままだなぁー。聡明で心優しい姉が和食を食べたいと言ったら、作ってあげるのが弟の義務なのに」

「じゃあ、明日は和食にするよ。ご飯と味噌汁と焼き鮭と納豆でいいよね？」

「それに松阪《まつさか》牛のステーキをつけて。焼き方はミディアムで」

「そんなの日本の朝食じゃないって」

思わずため息が漏れた。相変わらず、いい加減な性格をしている。

「というか、僕が朝食を作る前って、朝は栄養ドリンクだけだったような？」

「そんな過去のことはどうでもいいの。とにかく明日は和食ね。二条城の桜を眺めつつ、朝に和食を食べるのが私の夢なんだから」

「自分で朝食を作っていれば、すぐに叶っていた夢だね」

「ううっ、ああ言えばこう言う。姉に対する尊敬の気持ちはないの？」

「感謝はしてるよ」

わざとらしく泣き真似《まね》をしている姉さんにブルーベリージャムの瓶を差し出す。

「姉さんが僕を引き取ってくれたから、こんないいマンションに住むことができるんだし」

「……家族だからね」

姉さんの瞳が揺らぐ。

「父さんと母さんがいなくなったんだから、私が瑞樹の親代わりだよ。印税で生活費はなんとかなるし、なんなら、一生、二人で暮らしてもいいから」

「結婚する相手はいないの？」

「専業作家じゃ、出会いが少ないのよねぇー。それに、ホラー小説を書いているから、引いちゃう男の人も多いし。別に私が人を殺しているわけじゃないのにひどいと思わない？この前なんて、由香さんとつき合ったら、バラバラにされて大文字山《だいもんじやま》に埋められそうって、担当の編集さんに言われたんだよ」

ぷっと頬を膨らませて、姉さんはブルーベリージャムをトーストに塗り始める。ふわりと甘酸っぱい香りがリビングに広がった。

「こうなったら、瑞樹と結婚するしかないか…………」

「いや、姉弟で結婚は無理だから」

「あ…………まさか、恋人がいるなんて言わないよね？」

「いないよ」

僕はきっぱりと答える。

「勉強も運動神経も平均的で、身長も低いから。高校生になってから、告白されたこともないし」

「まあ、そこらへんのアイドルより整った顔立ちをしているあんたに、告白する勇気を持っている子は少ないかもね。触れたら壊れる宝石のような…………」

「外見を褒《ほ》められても、あんまり嬉しくないな」

「素直に喜んでおきなさいよ。それもあんたの魅力なんだから」

姉さんは棚の上に置いてあったバッグから財布を取り出し、一万円札を僕に渡した。

「そんな真面目な瑞樹くんにおこづかいをあげましょう」

「えっ？　こんなにいらないよ」

「もらっときなさいって。四月になったら新しい高校に通うんだからさ。今のうちに世界遺産めぐりでもやればいいよ」

「…………ありがとう、姉さん」

口元にブルーベリージャムをつけた姉さんに僕は頭を下げた。

マンションのエントランスホールを出ると、春の冷たい風が僕の頬を叩《たた》いた。無地のパーカーのファスナーを上げて周囲を見回す。京都って古風な町のイメージがあったけど、この辺はビルが多い。どこにでもある普通の街並みだ。

おこづかいをもらえたことだし、京都でしか見ることができない場所に行ってみるか。

スマートフォンの地図アプリでチェックすると、歩いている方向の先に西本願寺《にしほんがんじ》があることがわかった。西本願寺は世界遺産だし、拝観料も無料みたいだ。徒歩で一時間ぐらいなら、散歩がてらにちょうどいいかな。

僕は千本《せんぼん》通を南に向かって歩き始めた。四車線の道路は一般車に混じって多くのタクシーが移動している。やっぱり、観光地のせいだろうな。

後院《こういん》通を進み、大宮《おおみや》通に抜ける。その道を二十分程歩いて左に曲がった。百メートル程進むと左側に色鮮やかな建造物が見えた。

「………綺麗《きれい》だな」

思わず、声が漏れた。

その建物は色彩に富んでいて、扉に見たことがない生き物の彫刻が施されていた。黄色や青緑、オレンジ色に塗られた装飾は日本の建物とはちょっと違う雰囲気がある。

「唐門《からもん》だよ」

背後から柔らかな声が聞こえてきた。振り返ると、灰色の着物を着た男の子が僕を見上げている。

年は十歳ぐらいだろうか、透き通るような白い肌をしていて、着物に合わせているのか、草履《ぞうり》を履いている。その足元には唐草文様《からくさもんよう》の大きな包みが置かれてあった。

男の子はにこにこと笑いながら、薄い唇を動かした。

「唐門は国宝なんだ」

「国宝？　この建物が？」

「うん。麒麟《きりん》や唐獅子《からじし》の彫刻が見事だろ。この門の美しさに見惚《みほ》れて、日が暮れるのも忘れる人間がいるから、日暮らし門とも呼ばれているんだよ」

「へーっ、そうなんだ」

僕は視線を唐門に戻す。重厚な造りの建造物が国宝と聞いて、さらに重みを増したような気がした。

「これを昔の人が造ったんだね」

「伏見城《ふしみじょう》の遺構って噂《うわさ》もあるね。さすがに僕もそのへんは知らないけど」

男の子が僕の隣に移動する。

「お兄さんは観光？」

「まあね。最近、京都に引っ越してきたんだ」

「それで西本願寺か。無難な選択だね」

「は…………ははっ」

掠《かす》れた笑い声が自分の口から漏れた。十歳ぐらいの男の子に、そんなこと言われるなんて。というか、この子、言葉遣いが変わっているな。遺構なんて難しい言葉も知っているし…………。

「君は観光客じゃないんだよね？」

「ちょっと、この辺に用事があってね」

「用事？」

「うん。それでお兄さんに頼みたいことがあって声をかけたのさ」

「頼みたいことって？」

「簡単なことだよ。この荷物を持って欲しいんだ」

唐草文様の包みを指差して、男の子はまぶたをぱちぱちと動かす。

「いっぱい入れ過ぎちゃって重いんだよ。甘露堂《かんろどう》まで、だいぶ歩かないといけないしさ」

「甘露堂？」

「甘味処だよ。お菓子を出すお店の」

「甘味処か…………」

そう言えば京都は京スイーツが有名だよな。きっと、甘味処もいっぱいあるんだろう。

男の子が僕のパーカーの裾《すそ》を引っ張った。

「ねぇ、お願いだから。かわいいお兄さん」

「男の僕にかわいいは褒め言葉にならないよ。それに、小学生の男の子に言われてもなあ」

「あはは。そこは気にせずに」

「まあ、いいよ。僕も適当に京都めぐりをしようと思っていたから」

そう言って、唐草文様の包みを手に取った。ずしりとした重さを感じる。

「うっ……なんだ、これ。お、重いっ」

僕は両手で包みを持ち上げた。

「これ、十キロ以上あるよね？」

「だから困っていたんだよ」

「何が入っているの？」

「お店の人に渡すおみやげさ」

男の子は白い歯を見せて歩き出した。慌《あわ》てて、僕も男の子の後を追う。

「で、その甘露堂ってどこにあるのかな？」

「西本願寺と東本願寺《ひがしほんがんじ》の間だよ」

「ってことは、ここからだと東の方向か……。たしか、十字路がいっぱいあったような気がする」

「ほとんどがそうだよ。京都の町の通りは碁盤《ごばん》の目のようになっているからね。平安京の頃からの名残《なごり》でさ」

「これだと迷いやすいんじゃないかな。似たような十字路が多いし」

「わらべ歌で覚えることもできるよ」

「わらべ歌？」

「まる たけ えびす に おし おいけ………みたいな感じだよ」

男の子は呪文のような言葉を口にする。

「まるが丸太町《まるたまち》通、たけが竹屋町《たけやまち》通、えびすが夷川《えびすがわ》通ってこと」

「………いろんなこと知ってるんだね。君、まだ、十歳ぐらいだろ？」

「そう見える？」

「違うのかな？　もしかして、もっと上だった？」

「お兄さんより年上かもしれないよ」

「いや、それはさすがにないだろ。僕は十六歳だから」

「………十六歳ね」

くすりと男の子は笑って十字路を左に曲がる。さらにその先の十字路を右に曲がり、次の十字路を左に進む。すぐに自分がどこにいるかわからなくなった。

「なんか、ぐるぐると同じところを歩いてるみたいだ」

「甘露堂に行く道順は複雑なんだよ」

前を歩いていた男の子が次の十字路で首を左右に動かす。

「えーと……こっちだな」

「あれ？　この公園……さっき通ったような」

僕は小さな公園を指差す。

そこは十分程前に見た公園だった。人の胴体より太い木が何本も生えていて、滑り台やブランコが設置されている。

「もしかして迷ってるんじゃ……」

「そんなことないって。もうすぐ着くから」

「……それならいいけど」

額からぽたりと汗が流れ落ちる。十キロ以上の荷物を持って歩き回るのはきついな。もともと体力があるほうじゃないし。

「お兄さん、こっち、こっち！」

男の子が十字路で僕を手招きしている。

「安請け合いしたかな……」

苦笑しながら、僕は次の十字路に向かって歩き出した。


十数分後、前を歩いていた男の子の足が止まった。

「あった。ここだよ」

「や、やっと着いたのか」

僕は荒い息を整えながら視線を上げる。黒塗りの二階建ての建物が視界に入る。朱色の格子《こうし》が窓の前に取り付けられていて、入り口にも朱色の暖簾《のれん》が掛けられている。その暖簾には白い文字で『甘露堂』と書かれてあった。

この建物だけ別の時代にあるように思えた。せり出した瓦は特別製なのか、厚くて大きく柱も太い。

「こんな店がまだあるんだ………」

「創業百年以上の老舗《しにせ》だからね」

「百年以上も甘味処をやっているのか」

「京都は長くやってる店が多いんだよ」

そう言って、男の子は入り口を素通りする。

「あれ？　ここが入り口じゃないの？」

「僕たちが入る場所は違うんだよ」

男の子は軽やかな足取りで十数メートル先の十字路を曲がった。僕もその後に続く。そちら側にも朱色の暖簾が掛けられた入り口があった。

「入り口が二つあるんだね」

「うん。じゃあ、よろしく頼むよ」

「よろしく？」

「お店の人にその包みを渡して欲しいんだ」

「僕が？　どうして？」

「いやぁー、ちょっと店の人を驚かせたいからさ。中で包みを開いて、店員さんに渡せばいいから」

男の子はぱしりと両手を胸元で合わせる。

「その後に僕も入るからさ。ここまで来たんだから、最後までつき合ってよ」

「…………まあ、いいけど。僕もノドが渇いたし、何か頼もうと思っていたから」

ふっと息を吐き出して、僕は朱色の暖簾をくぐった。

店内に入ると、ふわりと甘い香りが漂ってきた。僕は視線を左右に動かす。広さは十二畳ぐらいだろうか、木製の丸テーブルとそれに合わせたような丸みを帯びたイスがセットで等間隔に並んでいた。白い壁には山や竹林の水墨画が飾られている。それらがオレンジ色の照明に照らされ、落ち着いた雰囲気を作り出していた。

客の姿もなく、店員の姿もない。喫茶店などで流れている音楽もなく、しんと静まり返っている。

あまり流行《はや》っていない店なのかな？

その時、奥から紫色の着物を着た女の人が姿を見せた。年は二十歳ぐらいで身長は僕より少し低い。髪の毛を後ろで束ねていて大人しそうな印象があった。

「あら、おいでやすぅー」

間延びした京都弁で女の人が僕に歩み寄った。

「どうぞ、お好きな席に座ってくださいませぇ」

「あ、その前にこれを」

僕は近くのテーブルの上に唐草文様の包みを置いた。

「これをお店の人に渡して欲しいって男の子から頼まれたんです」

「男の子ぉ？」

眠たそうな目で女の人は包みを見る。特徴があるおっとりとした喋り方と外見が合っている気がする。

「なんやろうか？」

「僕も中身は知らないんです。ただ、包みを開けって言われたから」

僕は両手で包みの結び目をほどく。中には漆塗りの重箱が入っていた。蓋《ふた》に金色の桜の模様が描かれていて、高さが二十センチ以上ある。

「もしかして食べ物かな？」

突然、カタンと音がして、重箱の蓋が僅《わず》かに開いた。

「えっ！　なっ、なんで？」

思わず、驚きの声が出た。だって、誰も触っていない重箱の蓋が勝手に開いたのだから。

蓋はカタカタと音を立てて、ずれるように動いている。

重箱に顔を近づけると、その中から、くりくりとした目玉が僕を見つめていた。

「うあああっ！」

悲鳴のような声をあげて、僕は後ずさる。

「めっ、めっ、目玉が重箱の中に……」

僕の声に反応したのか、それは重箱から出てきた。黒猫の毛を丸めて球形にしたような胴体から細い足が六本生えている。胴体の中央部にある一個だけの目玉がぎょろりと僕を睨《にら》んだ。

「あぁ…………ナリソコナイ」

女の人がそれを見て、ぱくぱくと口を動かした。

ナリソコナイ？　この生き物に名前があるのか？

ナリソコナイと呼ばれたそれは重箱の中から次々と現れた。一匹、二匹、三匹……五匹、十匹…………どんどん増えている。球形の胴体の大きさが十五センチぐらいあるのに、こんなに重箱の中に入っているのはありえない。だけど、そのありえないことが目の前で起こっている。

呆然《ぼうぜん》としている僕の足元で一匹のナリソコナイが僕を見上げていた。黒い毛に覆われた胴体の下部が裂けるようにVの字に開いて、尖《とが》った歯をカチカチと鳴らす。僕にはそのナリソコナイが笑っているように見えた。

カチカチカチカチカチ…………。

数十匹に増えたナリソコナイたちが木製のテーブルやイスを囓り始めた。カシャカシャと細い足を動かして壁に貼り付き、水墨画を囓っているナリソコナイもいる。

「なんだ…………これ？」

掠れた声が自分の口から漏れる。見たこともない生き物が重箱から増殖するように出てきてテーブルやイスを食べている。こんなこと現実であるわけがない。

「おいっ！　ナリソコナイがいるぞ！」

店の奥から野太い声が聞こえてきた。どうやら、ナリソコナイが奥でも暴れているようだ。

「難儀やなぁー」

間延びした京都弁で女の人がつぶやく。その表情は困っているように見えないけど、これってまずい状況のはずだ。

どのくらいの時間が過ぎたのか、ナリソコナイたちはカシャカシャと音を立てて、店から出て行った。

「こんなことって………」

目の前の惨状に、僕の口が半開きのまま、固まっていた。木製のテーブルやイスの脚が折れていて、周囲に木くずが散らばっている。壁に飾られていた水墨画も何が描かれていたのかわからないレベルまで齧られていた。

「どうなってるんだ？　雛子《ひなこ》」

店の奥から、四十代ぐらいの男の人が出てきた。黒色の作務衣《さむえ》を着ていて、黒の帽子をかぶっている。体格がよく、腕や足が僕よりひとまわり大きい。

男の人は女の人――雛子さんに大股で近づく。

「厨房《ちゅうぼう》がひどいことになってるぞ！　なんで、あんなにナリソコナイがいたんだ？」

「あ、武雄《たけお》さん。あれはぁ、そこの神さんが持ってきた重箱から出てきたの」

「神様が持ってきた？」

武雄さんが鋭い視線を僕に向ける。太い眉がぴくりと動き、眉間《みけん》に深いしわができる。

「…………んっ？　こいつ…………人間じゃないのか？」

「でも、神さん用の入り口から入ってきたから」

「あー、そうだな。だが…………」

武雄さんは首を縦に動かす。

「パーカーにジーパン姿の神様か」

「今風の服を着た神さんもたまにはおるし」

「あっ、あのー」

僕は武雄さんに声をかけた。

「会話の内容がよくわかってないんですけど、神さんって神様のことですか？」

「やっぱり人間じゃねぇか！　お前、どうやってここに入ってきた？　神様用の店内に入る道順を知っているのか？」

「あ…………僕は男の子の後をついてきただけで………」

道順ってどういうことだろう？　ぐるぐると歩き回って、ここに来ただけなのに。

「あーっ、こりゃ、えげつないな」

厨房から柔らかな関西弁が聞こえ、淡い紫色の着物を着た男の人が現れた。年は僕より、ちょっと上だろうか、色白ですらりとした体格をしていた。百八十センチぐらいはありそうだ。切れ長の目とすっと通った鼻梁《びりょう》、薄い唇は整っていて、アゴのラインはすっきりとしている。髪は僕より少し短めで、何ヶ所か外側にはねていた。

髪型は今風だけど、古風で落ち着いた感じがする人だな。もしかして二十歳以上なのかもしれない。あ…………そんなことを考えている場合じゃない。

男の人は頭をかきながら、僕の前に立った。

「お前がナリソコナイを連れてきたんか？」

「…………多分、そうだと思います」

数秒間の沈黙の後、僕はそう答えた。

「あの目玉のお化けみたいなものがナリソコナイなら」

「それがナリソコナイや。形はばらばらやけど神さんになりそこなった生き物やから、そう呼ばれとる。妖怪って呼ぶこともある」

「妖怪って本当にいるんだ………」

「普通は見えへんけどな。この神さん用の店内は特別なんや」

男の人は切れ長の目をさらに細くして、僕を見つめる。

「僕の名前は神代冬夜《かみしろとうや》。この店のオーナーや。君の名前は？」

「僕は天野………天野瑞樹です」

「年は？」

「………十六歳」

「十六か。誕生日はいつや？」

「誕生日は七月七日です」

「七月七日生まれか………ちっ！」

なぜか、冬夜さんは舌打ちをする。僕の年と誕生日が気に入らないんだろうか。

「手ぶらみたいやし、観光客じゃなさそうやね」

「最近、京都に引っ越してきたんです」

「………なるほど。とりあえず、詳しい話を聞かせてもらおうか」

そう言って、冬夜さんは一脚だけ無事だったイスに腰をかけた。

「その男の子は神さんかナリソコナイやろな」

僕の話を聞き終えて、冬夜さんがふっと息を吐いた。

「なんも知らん人間を使って、うちに嫌がらせしたんやろ」

「嫌がらせ？」

雛子さんが小首をかしげる。

「うちらの店って、そんなに神さんに嫌われとるんやろか？」

「そんなわけないやろ。最近は揉《も》め事もなかったし」

「先代か、先々代の頃の揉め事かもねぇ。なんせ神さんやから、何百年も生きてはるやろし」

「ちょ、ちょっと待ってください！」

僕は二人の会話に割って入った。

「神さんって、神様のことですよね？　神様っているんですか？」

「おるよ」

当然のことのように冬夜さんは答えた。

「君もナリソコナイの姿を視たんやろ？　そんなら、神さんがいるのも信じられるんやないか？」

「いや、でも、神様ですよ？　神様って想像上の生き物じゃ？」

「なら、君は今まで神社にお参りに行ったこともないんか？　神さんはおらんと確信しとるのに行っとるんか？」

「そ、それは…………」

反論の言葉が思いつかずに、僕は口をぱくぱくと動かす。

「科学で証明することができんだけで、神さんはおる。特にこの京都にはな」

「京都には神様が多いってこと？」

「そうや。千年以上前から栄えとる都やから」

「はぁ…………」

僕は自分を落ち着かせるために何度も深呼吸をする。たしかにナリソコナイって変な生き物をこの目で視た。なら、神様を完全に否定することはできない…………か。

「あ、あのぉ、仮に神様がいたとしても人間に嫌がらせするんですか？」

「神さんにもいろいろおるんよ。人間に好意的な神さんや無関心な神さん、そして、悪意を持っとる神さんもな」

「悪意…………」

男の子の姿を思い出す。あの子が悪意を持っている神様？　外見はどう見ても十歳ぐらいの男の子だったのに。

「本当にあの子が神様なんですか？」

「それかナリソコナイや。ナリソコナイにも頭がええ奴がいて、人間に化けることがある」

「人間に化ける……？」

「ただ、君の話を聞く限りは、イタズラ好きの神さんの可能性が高そうや。神さんならナリソコナイを集めて、重箱に詰めることもできるやろし。と、まあ、今はそんなことより、損害賠償《そんがいばいしょう》のことを話さんと」

「損害賠償？　僕がお金を払うってこと？」

「君にも責任はあるやろ。ナリソコナイの入った重箱を店に持ち込んだのは君やし、最低でも半分は弁償してもらわんとな」

冬夜さんは足元に落ちていたイスの脚を拾い上げる。

「テーブルが一脚二十万で六セット、イスが一脚十万で二十四セット……それから、水墨画が一枚数十万に厨房と店内の壁の修理。食材もだいぶやられてるから……」

どんどん増えていく賠償額に僕の血の気が引いた。

「むっ、無理です！　そんなお金、僕に払えるはずがありません！」

「親が払ってくれるんやないか？」

「…………両親はいないんです」

「いない？」

「はい。二ヶ月前に交通事故で亡くなって…………。今は姉さんといっしょに暮らしています」

「交通事故…………か」

冬夜さんの瞳が僅かに揺らいだ。

「…………まあ、それはそれや。お前の両親がいないことと今回のことは関係ない」

「それはわかってるけど、僕は高校生で、まとまったお金なんて持ってなくて」

「じゃあ、このまま、一銭も払わずに帰るってことか？　自分には何の落ち度もなく、うちの店がこうなったのも野良犬に噛《か》まれたと思って諦めろと？」

「そ、それは…………」

だらだらと額から汗が流れ落ちた。姉さんはマンションを買ったばかりで貯金はそんなにないはずだ。僕の貯金じゃ、テーブル一脚分のお金にもならない。

冬夜さんが吸い込まれるような笑顔で僕の肩をぽんと叩いた。

「金がないんなら、働いてもらうしかないな」

「働く？　働くって僕が？」

「やらかしたんは君やからね。それとも今から逃げ出すんか？　まあ、名前も年齢もわかっとるから、すぐに見つけ出せるけど」

「あ…………」

「おいっ、冬夜！」

武雄さんが吠《ほ》えるような声を出した。

「本気でこんな小僧を雇うのか？」

「爺《じい》さんたちが隠居したし、ちょうどええやろ。高校生やから、土、日中心で」

「そりゃあ、週末は客も増えるから、人手は多いほうがいいが…………」

「それに、この子はええ看板になると思うよ。女性客に人気が出そうやし」

冬夜さんは、ちらりと僕に視線を向けた。隣にいる雛子さんも、僕を見てうんうんとうなずいている。背が高くてすらりとしている冬夜さんのほうが僕より女の人にモテそうだし、看板はそっちだろうに。

「ってことで、よろしくな」

「…………僕が神様の接客をするってこと？」

「お客さんは神さんだけやない。というか、メインは人間のお客さんや」

冬夜さんは厨房を指差した。

「うちの店は真ん中に厨房があって、神さん用と人間用の店内が分かれているんよ」

「それで、入り口が二つあったのか…………」

「今は厨房がぐちゃぐちゃやから、どっちも休業中にしとるけどな」

「うっ…………」

「まあ、うちの職場で働くとええこともあるから」

「いいことって？」

「霊感が強うなって、神さんやナリソコナイの姿が店の外でも視えるようになる」

「んっ？　重箱を僕に渡した神様は外で視ることができたよ？」

「それは神さんがあえて姿を見せるようにしたんやろ。お前に頼み事をするためにな」

僕の質問に冬夜さんは淡々と答える。

「普段、神さんやナリソコナイは人間に姿を見せずに行動しとるから。それが甘露堂で働くことでしっかりと視えるようになるんよ」

「それって全然いいことじゃないよ」

僕は冬夜さんに突っ込みを入れる。

「神様はとにかく、ナリソコナイって妖怪ってことだよね？　そんなのが視えるようになっても嬉しくないから！」

「とりあえず、明後日《あさって》の土曜の朝九時からな」

「話を聞いてください、冬夜さん」

「冬夜でええよ。同じ年やし」

「えっ？　同じ年ってことは、冬夜…………は十六歳ってこと？」

「ああ。誕生日は八月八日やな」

「八月ってことは、僕より…………」

「たった一ヶ月の差やからな」

冬夜の声が少し荒くなった。僕より年下なのが気に入らないようだ。

「というか、お前が幼すぎるのが問題やから。最初、中学生かと思ったぞ」

「いや、さすがにそれはないだろ。僕は来月から高校二年生だから。身長だって、百六十センチ以上あるし」

「全体的な印象もあるだろうな。童顔やし、華奢《きゃしゃ》な体型やし」

「それでも中学生はないって！」

「そんなに熱くならんでもええやろ。若く見えるは褒め言葉や」

「そうやねぇー」

おっとりした京都弁で雛子さんが僕の顔を覗き込む。

「瑞樹君は綺麗やから、女の子用の着物着て接客したらええよ」

「あー、そりゃええかもな。男の娘《こ》で人気が出るかもしれん」

「それならメイド服なんてどうやろか？」

「それは店の雰囲気に合わへんから」

「はぁー、それは残念やねぇ。瑞樹君のメイド服姿、見たかったんやけど」

「オフの時にでも着せればええやろ」

　どうやら、僕がこの店で働くことは決定事項らしい。たしかに店に損害を出した責任は僕にもあるから、それは仕方ないと思うけど女装はイヤだ。それだけはしっかりと断ろう。

　僕は心の中で固く決意した。


　二日後の朝、僕は西本願寺前のバス停で降りて徒歩で東に向かった。十分も歩かないうちに甘露堂に到着する。

　あの男の子——いや、神様か。神様といっしょに甘露堂に行った時は何十分もかかったのに。そういや、道順がどうとか言ってたな。

　僕は甘露堂の壁に沿って十字路を曲がる。

「あ…………」

一昨日《おととい》、店に入った時の入り口がなかった。

「…………そうか。特別な道順でないと、あの入り口から店に入ることはできないんだ」

僕は人間用の入り口に戻り、そこから中に入る。

神様用の店内と外観が似ていた。木製の丸テーブルと丸みを帯びたイスがあり、壁には水墨画が飾られている。ただ、こっちのほうが店内は広い。テーブルとイスの数も多くて、カウンターもある。

僕の気配に気づいたのか、厨房から冬夜が出てきた。

「おっ、時間より早いな」

「もっと時間がかかると思ってたから」

「あー、前は神さん用の入り口から入ってきたんやな」

「どんな道順だったら、あの入り口が見えるの？」

「漢字の卍《まんじ》みたいな道順や」

冬夜は細くて長い指先を動かして、卍の形を宙に描く。その仕草が着物を着ているせいか、妙にさまになっていた。

「まあ、店員は厨房からどっちにも行けるし、わざわざそんなことせんでもええよ」

「それで僕は何をすればいいの？」

「とりあえず、店の中を案内しよか」

そう言って、冬夜は店の奥に歩き出した。

厨房は八畳程の広さがあった。銀色に輝くキッチンに木や陶製の器がずらりと並んだ棚。奥には巨大な冷蔵庫が空気を震わせるような音を立てていた。中央には大きなテーブルがあって、奥の壁にはダンボール箱が積み重ねられている。あれは食材だろうか。

「本当にうちで仕事をするんだな」

キッチンの前で果物を切っていた武雄さんがじろりと僕を睨んだ。

「昨日は大変だったぞ。新しいテーブルとイスを仕入れて、業者を呼んで…………厨房の片付けもさっき終わったばかりだ」

「す、すみません」

「…………まあ、迷惑かけた分はしっかり働いてもらうからな」

「はい。でも、僕にお菓子が作れるかな」

「アホかっ！　最初からそんな重要なことやらせるわけないだろ。お前の厨房での仕事は皿洗いだ！」

「そ、そうですよね」

僕はぎこちなく笑った。

冬夜が僕の肩に手を乗せる。

「ここが厨房や。うちの料理の責任者は村上《むらかみ》武雄さん。厨房では武雄さんに従ってくれればええ。体格は熊みたいやけど料理の腕は一流やから。で、こっちが休憩室や」

僕は冬夜の後に続いて休憩室の中に入る。休憩室の中はがらんとしていて、奥には大きなクローゼットがあった。

「とりあえず、これに着替えろ」

冬夜はクローゼットの扉を開く。中にはダークグレーの着物が数着入っていた。

「うちの店の制服は着物やからな。どうせ、着物なんて着たことないんやろ？　手伝ってやるよ」

そう言って、冬夜が僕のパーカーに手を伸ばす。

「ほら、さっさと脱げよ」

「わっ、わかった。自分で脱ぐからっ！」

「男同士で照れることないやろ。逆にこっちが恥ずかしゅうなるわ」

「男同士だって恥ずかしいからっ！」

顔を赤くして、僕は冬夜から離れた。

着物に着替えた後、僕は店内の掃除を始めた。神様用の店内に置かれた新しいイスとテーブルを均等に揃《そろ》え、床を雑巾で拭《ふ》く。

こんな作業なら自分にもできそうだ。掃除は嫌いじゃないし、役に立っている気がする。これぐらいしか、今の僕にはできないからな。

その時、視界に白い足袋《たび》と草履を履いた足が見えた。

「あれ………？」

顔を上げると、目の前のイスに着物姿のお爺さんがちょこんと座っていた。髪の毛は真っ白で長い髭《ひげ》を生やしている。百歳ぐらい生きていそうな雰囲気があった。

いつの間に店の中に入ってきたんだろう？　それに、まだ開店前なのに………あっ！

僕は自分の口を片手で押さえた。

ここは神様用の店内だった。ってことは、このお爺さんは………。

「いっ、いらっしゃいませ」

慣れてない仕草で挨拶《あいさつ》をすると、お爺さんはにっこりと笑ってテーブルの上に置いてあったメニューを指差す。そこには『桜餅とおうすセット』と書かれてあった。

「こ………こちらをご注文でしょうか？」

お爺さんはにこにこと笑いながら、無言でうなずく。

「しょ、少々お待ちください」

僕は早足で厨房に向かった。

「冬夜っ！　お客様が来てる」

「神さんか？」

「多分、そうだと思う。白い髭を生やした百歳ぐらいのお爺さん」

「あーっ、野宮《ののみや》神社の………。常連さんや」

「『桜餅とおうすセット』を注文されたよ。おうすが何かわからないけど」

「おうすは薄茶のことや。抹茶の薄いやつと思っとけばええ」

僕と冬夜が話していると、厨房の奥で武雄さんが桜餅の準備を始めていた。僕の声が聞こえていたんだろう。

数分後、武雄さんが僕に漆塗りのお盆を差し出した。その上には四角い白皿に載った桜餅があった。桜餅は二つあり、ほんのりと赤みを帯びた餅が葉っぱに包まれている。上品な色合いと甘い香りが食欲をそそる。

冬夜がそのお盆の上に黒い茶碗を置いた。その中には抹茶が入っている。淡い緑色の抹茶と桜色の餅の組み合わせは、すごく合っている気がした。

「お茶がお客さんの右側になるようにお盆を置くんや」

「僕が持っていくの？」

「当たり前やろ。お前は甘露堂の店員なんやから」

「で、でも、相手は神様だよ。失礼があったら神罰《しんばつ》がくだるんじゃ………」

「たしかにそんな神さんもおる。礼儀作法にうるさくて、ちょっとしたことで怒り狂うようなタイプも」

「そんな………」

「安心しろ。あの神さんはそんなことせえへん。温厚でええ神さんやから」

ぽんぽんと冬夜が僕の肩を叩いた。

神様の接客って、どうすればいいんだろう？

着慣れていない着物がずっしりと重く感じた。


「お………お待たせしました」

僕は神様の前にあるテーブルにお盆を置いた。やっぱり、相手が神様だとわかると緊張する。外見は普通のお爺さんだけど………。

お爺さんは白いおしぼりで手を拭いた後、桜餅を食べ始めた。もぐもぐと口を動かす度《たび》に胸元まで伸びた白い髭が揺れている。

あ…………普通に食べている。人間と同じ食べ方なんだな。

「んんっ！」

背後から冬夜の咳《せき》払いが聞こえた。

「あっ！　ご、ごゆっくりどうぞ」

僕は慌ててテーブルから離れる。

店の奥で僕の腕を冬夜が肘《ひじ》で突いた。

「お前なぁ、食べとるお客さんを見るなよ」

「ごめん。神様がどんな食べ方をするのか気になって」

「人間と変わらんよ。ほとんどの神さんはな」

「甘い物が好きなの？」

「甘い物が好きな神さんがうちに来るんや。他にも酒が好きな神さんも多いな」

「そういや、神棚にお酒をお供《そな》えすることもあるよね」

僕は視線をお爺さんに向ける。お爺さんは桜餅を食べ終え、幸せそうな顔で抹茶を飲んでいた。

「…………本当にあのお爺さんが神様なの？」

「いまさら、そんなこと言うんかい」

「いや、だって、人間のお爺さんにしか見えないから」

「人間が神さんの姿を真似ているんやけどな」

「でも、ほら、神様のイメージって、雲の上で光り輝いているみたいな………」

僕は想像していた神様の姿を思い浮かべる。

「神様って何人ぐらいいるの？」

「そりゃあ、八百万《やおよろず》の神って言葉があるぐらいやからな。山や川に神さんが宿《やど》っていることもあるし、神社や祠《ほこら》に祀られていることもある。動物や植物の神さんもおる」

「植物も………」

「僕も詳しいことはわからんよ。元オーナーの爺さんから聞いただけで」

「元オーナー？　お父さんかお母さんが元オーナーじゃないの？」

「………父さんと母さんは僕が五歳の時に死んだよ。交通事故でな」

「交通………事故」

自分の声が掠れた。

「冬夜の両親も？」

「ああ。お前と同じじゃや」

「……そうか。冬夜も」

「本当なら長生きできたはずやけど、事故はしょうがないわ」

整った冬夜の唇からふっと息が漏れる。

「それで、爺さんの代わりに僕が甘露堂のオーナーになったってわけや」

「………」

「そんな暗い顔せんでもええ。僕の両親が死んだんは昔のことやし、二ヶ月前の瑞樹のほうがつらいやろ?」

「……いや。僕は幸せだから」

首を左右に振って、僕は頰を緩《ゆる》めた。

「父さんと母さんが死んだのは残念だけど、僕には姉さんがいるし、ちゃんと住むところも食べる物もあるから」

「……そうか。そう考えるんもええかもな」

冬夜は口元に手を寄せて、まぶたを閉じる。考え込んでいる冬夜の横顔も整っていて、絵の題材になりそうだ。

「と、神さんがお帰りや」

「えっ?」

僕は視線を店内に戻す。いつの間にか、お爺さんがいなくなっていた。

「どうやって帰ったの？」

「普通に神さん用の出入り口からや。後ろ姿がちょっと透けてたな」

「それ見たかったたな。透き通った姿を自分の目で見ることができたら、神様って信じられたのに………あれ？」

「ん？　どうした？」

「桜餅の支払いは？　お金もらってないよね？」

「ああ。神さんはええんよ」

冬夜はテーブルを片付けながら、整った唇を動かす。

「なんせ、神さんやからな。こっちから支払ってくれとは言えへんし」

「じゃあ、なんで神様用の店内があるの？」

「百年以上前からの約束や」

「約束って？」

「ナリソコナイに襲われたご先祖様を神さんが助けてくれたんや。そのお礼に神さんを店に招待したらしい。それで、神さんがうちの甘味を気に入ってな。多くの神さんが甘露堂に来るようになったんや」

「神様の間で評判になったってことか………」

僕のつぶやきに冬夜は苦笑した。

「それは光栄なことやけど、商売としては悩ましいな。まあ、お金よりええもんを頂けることもあるし」

「お金よりもいいもの？」

「………そのうちわかるやろ。瑞樹にもな」

そう言って、冬夜は僕にお盆を渡す。

「さあ、そろそろ開店の時間や。人間のお客さんもやってくるから、てきぱきと動いてや」

その後、雛子さんもやってきて、甘露堂は開店時間になった。すぐに観光客っぽい女の人たちが店の中に入ってくる。

「おいでやすぅー」

雛子さんの挨拶に合わせて頭を下げる。僕も『おいでやす』って言ったほうがいいのかな。さっきは『いらっしゃいませ』って言っちゃったけど。

女の人たちは瞳を輝かせてメニューに顔を近づけている。やっぱり、女の人のほうが甘い物が好きみたいだ。

「そろそろ注文を聞いてええやろ」

冬夜が僕の背中を平手で叩く。

「どんどん接客して慣れてもらうからな」

「わ、わかった」

僕は強張《こわば》った笑顔で女の人たちに歩み寄った。


僕は人間用の店内と厨房を行き来して、多くのお菓子と飲み物を運んだ。

着色料を使っていない桜餅、バナナやサクランボが入ったあんみつ、ぷるぷるとした半透明のわらび餅。それらにぴったりな器と組み合わさって、より美味《おい》しそうに感じる。

冬夜から聞いた話だと、神様に出すものだから食材にはこだわりがあるそうだ。無農薬の小豆《あずき》を使ったあんこや新鮮な果物を仕入れているせいで、多少、他の甘味処より価格が高い。それでも、その美味しさに感動して、常連になるお客様も多いらしい。

まあ、神様が食べに来る甘味処なんだから、美味しいのは当たり前かもしれない。

結局、その日、僕は夕方の五時まで働いた。

神様の接客は朝のお爺さんだけで、他の神様を見ることはなかった。僕がまかないのうどんを食べている時に雛子さんが接客したみたいだ。

せっかくだから、他の神様の姿も見てみたかったな。

次の日の朝、店内の掃除をしていると、誰かが僕の袖《そで》を引っ張った。

いつの間にか、僕の前に小学生ぐらいの女の子が立っていた。女の子は透き通るような白い肌をしていて、白地に赤い模様のついた着物を着ていた。髪の毛は腰の近くまで伸びていて、日本人形のような整った顔立ちをしている。

ちょっと珍しい着物だな。赤い模様は三日月の形か。でも、胸元に一つしかない。こういう模様って、いくつもあるのが普通じゃないのかな。

「いらっ………………お、おいでやす」

僕は慣れていない京都弁で挨拶をした。

そうだ。ここは神様用の店内だから、この子も神様なんだ。

「………………お好きな席にどうぞ」

僕がそう言うと、女の子はとことこと歩いて一番奥のテーブルに座る。小さな手でメニューをめくり、お菓子の写真を真剣に見つめる。

女の子の視線がある写真に固定された。

「………………これは何？」

「桜餅ですね」

「桜餅?」

「餅を桜の葉で包んだお菓子です。人気がありますよ」

「綺麗な色…………。あの桜の木の花びらみたい」

女の子は懐かしそうな顔をして写真の桜餅を眺めている。桜の木に何かの思い出があるのかな。

「これを食べたい」

「桜餅だけでいいの?　おうすつきのセットもあるよ」

子供に接するような言葉遣いになった。

「…………うん。桜餅だけでいい」

舌足らずな声が店内に響く。

神様の声は普通の女の子と変わらない。もしかして、若い神様なのかな。

「少々、お待ちください」

頭を下げて、厨房に向かった。武雄さんに注文を伝えて、冬夜に歩み寄る。

「小さな女の子の神様が来たよ」

「小さな女の子?」

冬夜は厨房から店内を確認する。

「………初めてのお客さんやな。神さんなのは間違いなさそうや」

「何の神様かはわからないんだ?」

「雰囲気でわかることもあるけどな。歴史がある神社の神さんは服装がしっかりしとるし、風格もある。でも、あの子は神社の神さんとは違うな」

冬夜の目が僅かに細くなる。

「まあ、どんな神さんも、うちに来てくれたら大切なお客さんや。失礼のないようにな」

「うん。わかった」

僕は大きく首を縦に振った。


「お待たせしました」

桜餅とサービスの熱いほうじ茶をテーブルの上に置く。

女の子の神様は僕にぺこりと頭を下げると、桜餅を手に取る。薄くて小さな唇で桜餅を頬ばる姿はかわいらしい。

と、お客様が食べている姿を見るのはまずいんだった。

「ごゆっくりどうぞ」

僕は頭を下げて女の子から離れる。

神様といっても、この店の中ではお菓子を食べに来るお客様だし、人間と同じように接客すればいいよな。


十数分後、女の子はイスから立ち上がり、僕のほうに歩いてきた。柄物の巾着袋からしわくちゃの一万円札を取り出し、それを僕に渡した。

「え？　お、お金？」

「知り合いの神社の神様にもらったの」

「神様からはお金を受け取ってないんだけど」

「知ってる」

「それなのに、わざわざお金を持ってきたの？」

僕の質問に女の子はこくりとうなずく。

「あ、ありがとうございます。それじゃあ、おつりをお渡ししますので」

「おつりはいいの」

女の子はふるふると首を左右に振った。

「あなたにあげる」

「僕に？」

「うん………」

「いや、いただけませんよ。すぐにおつりを持ってきますから」

僕は出入り口の近くにあるレジに向かった。えーと………桜餅が税込みで六百四十八円だから、おつりは九千三百五十二円………と」

お札の向きを確認して、僕は顔を上げた。

「お待たせしまし………あれ？」

女の子はいなくなっていた。

「あ、また、消えるところ見そこなった。と………それどころじゃない。お客様ーっ！」

「どうかしたんか？」

冬夜が厨房から顔を出した。

「お客様がおつりを受け取らずに帰っちゃったんだ」

「おつりって、神さんが金を払ったんか？」

「うん。しかも一万円札で」

持っていたおつりを冬夜に見せる。

「僕にあげるって言ってたけど………」

「お前にか?」

「こんなことって、よくあるの?」

「いや、神さんが金を払うこと自体が少ないな」

冬夜の瞳に僕の戸惑った顔が映る。

「お前………あの神さんと知り合いじゃないよな?」

「違うよ。神様の知り合いなんて、あの男の子ぐらいだし」

「あー、お前を悪事に加担させた神さんか」

「悪事って………」

「まあ、働いて借金を返そうとしとるお前はえらいよ」

ぽんと僕の頭を冬夜が叩く。

「おつりはお前がもらっといてええから」

「えっ?　僕がもらっていいの?」

「チップみたいなもんやし、それを店員から奪うようなひどい職場やないから」

「あ………ありがとう」

「お礼なら、あの神さんに言ったらええ」

「どうやって?」

「もしかしたら、姿が見えんようになっただけで、そこらへんにおるかもしれへんしな」

「…………そうだね」

僕は誰もいない店内で深く頭を下げた。


その日の午後、僕は冬夜といっしょに人間用の店内で接客をしていた。女性のお客様の声が僕の耳に届く。

「…………ねぇ、あの背が高い店員さん、かっこよくない？」

「うん。切れ長の目がすごくいい。体型もすらりとしてて、和服が似合っているよね。二十歳ぐらいかな」

「いかにも京男って感じ。写真頼んでみようか？」

やっぱり、冬夜は女の人に人気があるな。でも、二十歳ぐらいって思われてる。まあ、冬夜は落ち着いた雰囲気があるからな。

「私は隣にいる男の子がいいな」

壁際に座っていた女の人が僕をちらりと見る。

「ちょっと女の子っぽくて、かわいいと思う」

「あ、私もそう思った。瞳が綺麗だし、色白で髪の毛もさらさらでさ。天使みたいな感じがする」

「何歳ぐらいだろ？」

「中学生じゃないの」

「中学生はバイト無理でしょ？」

「家の仕事を手伝っているとか」

笑顔を作っていた僕の頬がぴくぴくと動いた。あと、四ヶ月で十七歳になるのに。

その時、近くのテーブルに座っていたグループが立ち上がった。男の人の太股がテーブルに当たり、置いてあった小さな茶碗が四つ転がり落ちる。

あっ、まずい！

スローモーションのように茶碗が床に向かっている。

僕は膝を折って、右手を限界まで伸ばした。一番床に近い茶碗のふちに小指をかけ、真横に手を動かして、別の茶碗を人差し指で引っかける。

あと残り二つ――。

手の平で茶碗をもう一つ受け止めることはできるけど、それだと残り一つが床に落ちてしまう。それなら……。

僕は手の平で茶碗をバウンドさせた。重力に逆行して、その茶碗が浮き上がる。

よし！　この隙《すき》に別の茶碗を！

床と平行に手を移動させ、親指で別の茶碗を引っかける。さらにその手を戻して、浮き上がっていた茶碗を手の平で受け止めた。

全員の視線が僕の右手に集中した。

「あっ、す、すみません」

テーブルに太股をぶつけた男の人が僕に頭を下げる。

「大丈夫ですか？」

「え、ええ。平気です。お茶を皆さんが飲んでいてくれて助かりました」

僕は小さな茶碗をテーブルの上に置く。

「それにしてもすごいですね。あの状態から、四つの茶碗を片手で受け止めるって。何かスポーツでもやってたんですか？」

「いえ、特に何も………」

周囲にいたお客様たちも驚いた顔で僕を見つめている。

「今のすごいよね。手品みたい」

「うん。手の動きがすごく速かったし正確だったよ」

「俺なら、全部の茶碗を割ってるな」

「私だって、そうだよ」

数人のお客様がパチパチと拍手をした。

「は…………ははっ」

僕はぎこちなく笑いながら、頭を下げる。

あれ？　たしかに変だぞ。僕は運動神経がいいわけじゃないし、あんなことできるはずがない。茶碗が落ちていくのがスローモーションのように感じたし。

右手を見つめていると、冬夜がぼそりと声を出した。

「いつもより早かったな」

「早い？　早いって何が？」

「『神さんの恩恵』がや」

冬夜は僕を引っ張って厨房に移動した。壁際に僕を押しつけて顔を近づける。

「なっ、なんだよ、突然」

「お客さんの前で『神さんの恩恵』のことを話すわけにはいかんからな」

「『神様の恩恵』？」

「ああ。うちの店で働いていると神さんが恩恵を与えてくれるんや」

「恩恵って、さっきの…………」

「ああ。テーブルの上から床まで一メートル弱。そこからばらばらに落ちた四つの茶碗を片手で全部受け止めることができたんや。あんな動きはボクシングの世界チャンピオンだって無理やろ」

「僕の運動神経がよくなったってこと？」

「格段にな」

冬夜は視線を天井に向けた。

「瑞樹、そこで軽くジャンプしてみろ」

「ジャンプ？」

「軽くだからな」

「わ、わかった」

僕は軽く膝を曲げて飛び上がる。視界が高くなると同時に、ガンと頭部に強い痛みを感じた。

「ぐうっ…………いっ」

「アホっ！　軽くって言ったやないか」

「で、でも、まさか、天井に頭が当たるなんて」

涙目で上を見る。天井までの高さは三メートルぐらいある。軽くジャンプして届くような高さじゃない。

「…………これが『神様の恩恵』なのか。ってことは、冬夜も同じってこと？」

「いや、恩恵は人によって違うんや」

「じゃあ、冬夜の恩恵はどんなの？」

「知力やな」

冬夜は人差し指で自分の頭をトントンと突いた。

「この店を手伝い始めてから、テストはほぼ満点や。教科書や参考書の内容を丸暗記できるし、こんなこともできる」

テーブルとキッチンの間をすり抜けて、冬夜はコーヒーサイフォンの前に立った。その横に置いてある袋からコーヒー豆を数十粒取り出し、白い皿の上に置く。

「四十七粒やな」

冬夜の言葉に僕は驚いた。

「えっ？　それって豆の数？」

「この皿の中に入っとる豆のな」

冬夜は僕に豆の入った皿を差し出す。僕は豆の数を数え始めた。

「…………十…………二十…………四十……七…………四十七粒だ」

皿を持った手が微《かす》かに震える。

「いつ数えたの？　皿の上の豆なんて、ほとんど見てなかったじゃないか？」

「見る時間は数秒でええ。直観像記憶ってやつや」

「直観像記憶？」

「目で見た映像を写真のように記憶する能力やな。袋からコーヒー豆を取り出した時の映像が頭の中に残っとるから、それを数えたんや」

「すごい………」

「お前の能力のほうがえげつないわ。その運動能力があったら、金メダルが十個以上とれるやろな。だけど………」

冬夜の切れ長の目がすっと細くなった。

「あんまり目立つことはせんほうがええ。人間の能力の限界を超えている力やし」

「目立つのは苦手だし、こんな能力いらないよ」

「いらんのか？」

「うん。神様の力で金メダルとっても意味ないし」

「………ふーん。お前がそんな性格だから、『神さんの恩恵』が早く与えられたんかもしれんな」

「どうすれば、この力はなくなるの?」

「わからん。特定の神さんが与えてくれるんやないし、店の仕事を辞めた後も恩恵は続くようや」

「店で働いている人が『神様の恩恵』を受けられるってことは…………」

「武雄さんと雛子さんも恩恵を受けとるよ」

当たり前のように冬夜は言った。

「武雄さんは水の味さえわかる味覚を持っとるし、雛子さんは二十歳ぐらいに見えるやろうけど、本当は三十代前半の…………」

「冬夜さん」

突然、厨房に雛子さんが入ってきた。雛子さんは目を糸のように細くして、にっこりと笑う。

「それは言ったらあかんよぉー。最重要機密やからぁ」

「あ…………そ、そうですね。ははっ」

冬夜はぴくぴくと頰を痙攣《けいれん》させた。冬夜の焦った姿を見るのは初めてだな。雛子さんって、おっとりしている雰囲気があるけど、本当は怖いのかもしれない。

「と、とにかく、そういうことや。武雄さんや雛子さんの恩恵はごまかしやすいが、お前のは違う。体育の授業で世界記録更新したりすんなよ」

「そう………だね」

僕は自分の体を見回す。外見は普段と変わらない華奢な体だ。でも、軽くジャンプしただけで、高い店の天井に頭がついた。もし、全力を出したら、どれだけ高く跳べるんだろう？

「そう深刻な顔せんでもええ。目立つ行動とらんかったら、今まで通りの平穏な生活を続けることができる」

「神様やナリソコナイと関わっている時点で、平穏な生活とは思えないけど………」

「………」

ぼそりとつぶやいた僕の言葉を、冬夜はわざと無視した。


次の日の月曜日、僕は姉さんと西本願寺に来ていた。広い敷地の中に木造の建造物が建っている。何十本もの太い角柱が巨大な屋根を支えていて、その光景を多くの観光客が目を丸くして見上げている。

テレビで観たことがある建物だけど、実際に自分の目で見ると迫力が違う。背筋がきゅっと引き締まる気がした。

「これが御影堂《ごえいどう》よ」

隣にいた姉さんが、何故か自慢げに胸を張った。

「御影堂は世界最大級の木造建築物なんだ。東西四十八メートル、南北六十二メートルで高さが二十九メートルもあるの。どう？　この重厚さと美しさ。これが江戸時代の初期に建てられたと思うと、さっきから震えが止まらないよ。くしゅん！」

「震えが止まらないのは、姉さんが風邪気味だからだよ」

僕は厚手のコートにマフラー姿の姉さんに使い捨てカイロを渡す。

「無理せずに家で寝てればいいのに」

「だって、最近、瑞樹が構ってくれないから、デートしたかったんだよ」

使い捨てカイロで手を温めながら、姉さんはぷっと頬を膨らませる。

「大体、瑞樹は冷たいよ。保護者の私に無断でバイト始めちゃうし」

「…………こづかいぐらい自分で稼ごうと思っただけだよ」

「そんなの気にしなくてもいいのに」

「いや、スマホ代も出してもらっているしさ。これぐらいはね」

僕の頬がぴくぴくと痙攣する。

『神様の恩恵』のことがあるから、姉さんに本当の理由は言えない。きっと心配するだろうし。それと借金の問題もあるか。そっちは毎月二万円ずつ返済すればいいって冬夜が言ってくれたから、しっかり働けば本当におこづかいも手に入るな。

その時、阿弥陀堂《あみだどう》に向かう渡り廊下の前を着物姿の男の子が歩いていることに気づいた。あの男の子は僕にナリソコナイの重箱を渡した神様だ！

「姉さん、ちょっと用を思い出したから、ここから別行動で」

「はぁ？ どういうこと？ これから、あんたがバイトしてる店で桜餅を食べるんじゃないの？」

「それは次の機会に！」

僕は姉さんに背を向けて走り出した。

その数秒の間に、男の子の姿が消えていた。

「あれ？ どこに行ったんだ？」

僕は境内《けいだい》を歩き回って男の子を捜した。境内には観光客が多いけど、着物姿の男の子は目立つはずだ。

数分後、阿弥陀堂門の前にいる男の子を発見した。男の子は滑るような歩き方で門から境内の外に出て行く。僕は男の子の後を追いかけた。

どこに行くんだろう？

男の子は北に向かって歩いている。周囲にいる人たちには男の子の姿は視えていないようだ。目の前に男の子がいるのに無視して会話をしている。誰にも声をかけられず、独りで歩いている姿は寂しそうだ。

僕はぶんぶんと頭を左右に振る。

いや、あの男の子は神様なんだ。それにナリソコナイを使って、甘露堂をめちゃくちゃにした。その理由をちゃんと聞かないと。

いつの間にか、店の数が少なくなり、民家の数が増えてきた。近代的なビルの横に木造の古い民家が建っている光景はちょっと異質に感じる。

やがて、男の子が一軒の民家に入っていく。

あそこが男の子………神様の家なのかな？

その家には人が住んでいる気配がなかった。門は赤く錆《さ》びていて窓硝子《がらす》の一部が割れている。玄関の前には雑草が茂っていて、土がついたスコップが立て掛けられていた。

「あ………」

扉の前にいた男の子が僕を見て驚いた顔をした。

「やっ、やばい！」

男の子の姿が半透明になり、すっと消える。

「あ……待って！　神様ですよね？」

僕は門の前で視えなくなった神様に声をかけた。

「神様っ！　聞きたいことがあるんです。神様ーっ！」

「もう……いないよ」

突然、背後から舌足らずな声が聞こえてきた。

振り返ると、そこには昨日、甘露堂に来た女の子の神様が立っていた。

「ごめんなさい……」

女の子は僕に向かって、深く頭を下げた。

「ごめんなさい？　どうして、君が僕に謝るの？」

「あの子と知り合いだから……」

「知り合い？　あの男の子……の神様と？」

僕の質問に女の子はこくりとうなずく。

「こっちに来て」

僕の手を握って、女の子は家の敷地に入った。家の塀の間の細い通路を進む。

女の子が足を止めた場所は、家の裏庭だった。

裏庭は広く、数本の木が生えていた。中央には大きな石が置いてあり、長年、手入れをしていなかったのか、雑草と落ち葉で地面が見えなくなっていた。

「あれ………」

女の子は枯れた桜の木の隣を指差す。そこには小さな池があった。池の水はよどんでいて、腐った落ち葉が水面に浮いている。

「え？　池？」

「うん。あの子はこの池の神様なの」

「池の……神様……」

普通なら信じられない言葉だったけど、今の僕は女の子の言葉を素直に信じた。甘露堂での体験もあるし、目の前で男の子が消える姿を見たから。

女の子は寂しげな瞳で荒れ果てた庭を眺めた。

「昔は綺麗な庭だったの。春には桜が咲いて、それがすごく綺麗で、ずっと見上げてても飽《あ》きなかった。でも、家の人が死んでからは………」

「この状態ってわけか」

沈んだ声が自分の口から漏れる。

女の子が言う通り、手入れされたこの庭は綺麗だったのだろう。頭の中に淡い桜の花が咲き乱れる庭の景色が浮かび上がる。

「人間が手入れをしなかったから、池の神様が怒っているのか」

「違うの」

女の子が首を左右に振って、庭の奥を指差す。そこは塀の一部が壊れていて、隣の空き地が見えていた。空き地には冷蔵庫や洗濯機、古タイヤ等の粗大ゴミが山のように積み重ねられている。

僕は口を半開きにして、庭の奥に進んだ。腰の近くまで伸びた雑草の中に数台の冷蔵庫が横倒しになっている。その冷蔵庫から赤茶色の液体が染み出していて、池に流れ込んでいた。

「そうか……このせいで」

「本当は優しい神様なの」

女の子が汚れた池に視線を落とす。

「でも、こんなことされたせいで、人間をキライになっちゃって。それで、神様と関わりがある甘露堂にいたずらして……」

「そう……だよね」

僕は奥歯を強く噛み締めた。

あの男の子がこの池の神様なら、怒るのは当たり前だ。こんなところに粗大ゴミを捨てることは法律でも禁止されているはずなのに。

「…………この家の人はもういないんだよね？」

「うん。遠いところに親戚がいるだけ」

「それなら、少しぐらい庭をいじっても大丈夫かな」

僕は腰をかがめて錆びた冷蔵庫を両手で掴《つか》んだ。少しずつ力を入れて、それを持ち上げる。ぽたぽたと赤茶色の液体が地面に落ちた。六十キロ以上の重さがありそうな冷蔵庫を真横から持ち上げることができるのは『神様の恩恵』のおかげだろう。

その冷蔵庫を僕は庭の端に移動させた。

これだけ池から離せば、汚れた水が池に流れ込むことはないはずだ。

あとは…………。

僕は玄関に戻り、立て掛けてあったスコップを手に取る。裏庭に戻って、池の周りの汚れた土を掘った。その土も庭の隅にまとめて、綺麗な土を池の周りに盛る。

その作業を見ていた女の子が真一文字に結んでいた唇を開いた。

「…………どうして助けてくれるの？　あなたに迷惑かけたよね？」

「人間のほうが、その前に迷惑かけてるから」

スコップで水面の油をすくい取りながら、僕は口を動かす。

「僕は人間代表ってわけじゃないけど、この状況をなんとかするのは人間の義務だと思う。それに…………」

「それに？」

「僕は『神様の恩恵』を受けているから。その力を神様のために使うのは当然だよ。あと、君からチップももらっているし」

「…………ありがとう」

女の子は僕に向かって深く頭を下げた。神様に頭を下げられるのは身がすくむな。たとえ、外見が小学生ぐらいの女の子だとしても。

「そうだ。君は何の神様なのかな？」

僕が質問すると、女の子の姿が薄くなった。白地の着物が半透明になり、後ろの民家が透けて見える。やがて、女の子の姿が完全に視えなくなった。

「あ、あれ？」

きょろきょろと周囲を見回すが、どこにも女の子の姿はない。

「もしかして、聞いちゃいけない質問だったのかな…………」

その時、ぽちゃりと池から音がした。視線を落とすと、水の中に小さな鯉《こい》が泳いでいる。

その鯉は白く、体に赤い三日月の模様があった。

「あ………」

白い鯉はゆらゆらと円を描くように泳いでいる。その姿が白い着物を着た女の子と重なった。

「………そうか。鯉の神様だったのか」

池の神様は自分のことより、鯉の神様を気にしていたのかもしれない。あのまま、水が汚れ続けたら、魚が棲《す》めなくなるはずだし。そして、鯉の神様は池の神様のいたずらのお詫《わ》びに僕に一万円札を渡したってことか。

きっと、仲がいい神様同士なんだろうな。

「ついでに落ち葉も取っておくよ。池の底にも溜《た》まっているみたいだし」

僕の言葉が聞こえたのか、鯉が僅かに頭を下げた。


落ち葉を取り、池の底を掃除すると、池の水が綺麗になった気がした。オレンジ色の夕陽が水面をきらきらと輝かせている。

「こんなものかな………」

「僕は謝らないよ」

いつの間にか、池の側に男の子が立っていた。男の子は細い眉を吊《つ》り上げて、僕を睨みつける。

「今更、こんなことされても、嬉しくない………から」

「謝る必要なんてないよ。そんなこと望んでない」

「………それなら、いいけどさ」

男の子は気まずそうに僕から視線をそらした。その仕草は人間の子供のようだ。

「あ、そうだ。また、ここに来ていいかな？」

「何しに来るんだよ？」

「ちゃんとした道具があれば、もっと池を綺麗にできると思うんだ。今日はスコップしか使えなかったから」

「………好きにすればいいよ。もう、この家にいるのは僕とあの子だけだし」

「ありがとう。それから………」

「それから、何？」

「今度、君も甘露堂に桜餅を食べに来るといいよ」

「桜餅？」

「うん。甘露堂で人気のお菓子で、桜の葉で餅を包んであるんだ。色も綺麗だよ。淡い桜色で」

「桜か………」

枯れた桜の木を男の子が見上げる。その瞳が風に揺れる水面のように揺れた。きっと、花が咲いていた頃の桜の木の姿を思い出しているんだろう。

「………」

男の子は声を出さずに唇だけを動かした。

『ごめんなさい』か。声にしてないけど謝ってくれたんだな。

肌寒く感じていた春の空気が、暖かくなった気がした。


次の日の朝、僕は甘露堂で冬夜に昨日の出来事を話した。

「なるほど。池の神さんに鯉の神さんか………」

冬夜は着物の袖を揺らして、腕を組む。

「人口の池にも神さんが宿ることはあるしな」

「鯉もそうなの？」

「ああ。長く生きた動物が神さんやナリソコナイになることもある。猫又《ねこまた》は有名やから、知っとるやろ？」

「うん。二十年以上生きた猫が猫又に化けるんだよね。でも、あの鯉は小さかったたな」

「幼少の頃に神さんになる動物もおるし、死んだ後になる場合もある。何かの法則があるんかもしれへんけど、正直、誰も詳しいことはわからん」

肩をすくめて、冬夜はふっと息を吐く。

「まあ、その粗大ゴミの件は自治会の会長さんに話しとくわ。あの会長さんなら、ちゃんと処理してくれるやろ」

「助かるよ。あそこにゴミを捨てられたら、また、池の水が汚れちゃうかもしれないし」

「それ以前に景観の問題もある。京都の町にそんな場所があったら地元の恥や」

冬夜はカチリと歯を鳴らす。やっぱり、長年、京都で甘味処をやっている家系だから、京都への愛が深いんだろうな。

「あとは、お前が借金を完済してくれれば、無事解決やな」

「そういや、僕の借金って、何ヶ月働けば返せるの？」

「うーん……給料から天引きしてる額で計算すると………」

「計算すると？」

「………聞かんほうがええ」

「教えてよっ！」

僕は冬夜の着物の袖を掴む。

「まあ、利子は取らんから安心しろ」

冬夜はにっこりと微笑《ほほえ》みながら、人差し指で僕のアゴを持ち上げる。

「こっちとしては、お前に長く働いてもらったほうがええからな。なんせ、お前目当ての女性客がもう何人もおるし。高校卒業したら、うちに就職するのはどうや？」

「それは………」

「なんや？　接客業はイヤか？」

「そうじゃないけど、職場が特殊《とくしゅ》すぎる気がする。神様が来店する甘味処なんて」

僕は開店前の店内を見回す。まだ、照明が点いておらず、周囲はうす暗い。武雄さんが準備をしているのか、甘い砂糖の香りが漂っていた。

僕は一度食べさせてもらった桜餅の味を思い出す。淡いピンク色の桜餅は、もちもちとした食感と中のこしあんがマッチしていて、すごく美味しかった。

そんな美味しいお菓子をいっぱい食べることができる特典は魅力的だけど………。

「将来のことを考えるのは、まだ、先でええか」

冬夜が僕に柔らかな視線を向ける。

「そのうち、お前もうちの店で働ける喜びを感じるはずやし」

「そうかなぁ？」

「間違いないって！　神さんの接客なんて、うちの店でしかやれへんから」

「それ………喜びを感じるようなところじゃないし」

僕はぼそりとつぶやいた。


四月になり、僕は自宅から徒歩十五分の二条高校に通うことになった。

二条高校は男女共学で生徒数が六百人弱の普通科の高校で、バレーと野球が強いらしい。

L字型の校舎は近代的で、京都らしさは全く感じられない。

まあ、高校の校舎なんて、どの地域も同じなんだろうな。

偏差値はなかなか高めだから、真面目《まじめ》に勉強しないとまずそうだ。

と、そんなことより、まずはクラスメイトへの挨拶だな。

僕は深く息を吸い込んで、二条高校の校門をくぐった。


「それじゃあ、転校生を紹介するぞ！」

隣に立っている担任の原口《はらぐち》先生が僕の背中を軽く叩いた。

「天野瑞樹君だ。京都には不慣れみたいだから、いろいろ教えてやるんだぞ」

「とっ、東京から転校してきた天野瑞樹です。よろしくお願いします」

僕は教壇の上で新しいクラスメイトたちに頭を下げた。やっぱり、転校初日は緊張する。全員の視線が自分に集まっているのがわかる。

「それじゃあ、天野の席は窓際の一番後ろだ。居眠りなんかするんじゃないぞ」

「は……………はい」

ぎこちなく笑いながら僕は一番後ろの席に向かう。

視線を窓に向けると、校庭の桜の木が見えた。ここは四階だし、窓際の席になったのはラッキーだな。気分よく勉強ができそうだ。

イスに座ると同時に隣から声が聞こえてきた。

「よろしくな、瑞樹」

「あ……………よろし……………ええっ？」

隣にいたのは冬夜だった。冬夜はいつもの着物とは違う学生服姿で、右手を軽く上げている。

「どっ、どうして？」

「そんなに驚くことないやろ。僕かて高校生なんやから」

「だけど、同じ高校で同じクラス？」

「これも『神さんの恩恵』かもしれんな。僕のクラスにお前が転校してきたんは」

「なんや？　そのなんともいえない顔は？　僕と同じクラスはイヤなんか？」

「そうじゃないけど……」

僕はもごもごと口を動かした。

冬夜は強引なところがあるし、バイト先の上司だからなあ。それに学校生活ぐらいは、普通がよかった。

神様やナリソコナイと関わって、とんでもない能力を手に入れて、それは悪いことだけじゃないと思う。でも、トラブルに巻き込まれることが多くなりそうな……。

「何はともあれ……」

冬夜の手が僕の肩に触れた。

「学校でもよろしくな」

整った唇から白い歯を覗かせて笑う顔が、僕には少し意地悪く見えた。

第二話　抹茶サブレ

窓を開けると、春の風がふわりと四階の教室に入り込んできた。一週間ぐらい前までは冷たかったのに、今は暖かく、午後からの授業が眠気でつらくなりそうだ。

僕は視線を逆方向に向ける。隣の席で冬夜が腕を組んでまぶたを閉じていた。こくりこくりと頭を動かしているから、居眠りをしているんだろう。

身長百七十八センチ、色白ですらりとした体型、切れ長の目と鼻筋が通った顔は整っていて、大人びた印象がある。

これで僕と同じ高校二年生か。童顔で中学生みたいと、からかわれる僕としては、ちょっと羨《うらや》ましい。

まあ、冬夜が大人っぽいのは、甘露堂のオーナーをしているせいかもしれない。

甘露堂は西本願寺と東本願寺の間にある甘味処で、ちょっとした秘密がある。

それは人間のお客様だけじゃなく、神様がやってくることだ。

そんなこと信じない人が多いだろうけど、これは事実だ。甘露堂でバイトをしている僕は何度も神様を視た。それにナリソコナイの姿も。

東京で両親と暮らしていた頃は、想像もしていなかったな。

自分が甘味処の店員になって、神様の接客をするなんて………。

そんなことを考えていると、廊下側から女子の声が聞こえてきた。

「………やっぱり、冬夜君と瑞樹君が並んでいる姿は絵になるよね」

「わかる。わかるよ、風子《ふうこ》。春の日射しを浴びる二人の姿はまさに絶景。このクラスになって、本当によかった」

「ちょっと、静華《しずか》。あんた、泣いてるの?」

「だって、これって神様のキセキだよ。あの二人が隣同士の席なんて。紫織《しおり》もそう思わない?」

「まあ、冬夜君だけでも、目の保養になっていたけど、瑞樹君が転校してきたからね」

「うんうん。冬夜君が嵐山《あらしやま》の竹林なら、瑞樹君は醍醐寺《だいごじ》の桜って感じ。ふわりと柔らかで心が安らぐ感じの」

「癒《いや》し系ショタかぁ………。アリだな」

「今度の夏コミで冬夜×瑞樹本作っちゃう?」

「いやいや、さすがに生ものはまずいっしょ。でも、やるなら瑞樹×冬夜で」

全部、聞こえてるんだけど………。

自分の頬がぴくぴくと動いているのがわかる。クラスメイトの女子に好感を持たれていることは嬉しい。でも、ショタって、小さな男の子の意味だったような。

「腐女子ーズは相変わらずやな」

冬夜がまぶたを閉じたまま、薄く整った唇を動かした。

「あれ？　起きてたんだ？　って、腐女子ーズ？」

「風子、静華、紫織のことや。お前が転校してくる前からあんな調子でな。盛り上がると、教室中に聞こえる声でオタトークしとる」

「そう……………なんだ」

ちらりと風子さんたちを見る。彼女たちはきらきらと瞳を輝かせて、スケッチブックに何かを描いていた。そういや、三人とも漫画研究会に入っているんだっけ。

「そうだ。冬夜×瑞樹と瑞樹×冬夜って違うの？」

「……………それは聞かんほうがええ。男が知ってはいかんことやから」

「そっ、そっか」

「それより、次の授業は体育やからな」

「わかってる。『神様の恩恵』のことだろ」

『神様の恩恵』とは、甘露堂で働いていると手に入る力で、僕は運動能力が高くなっている。多分、今の僕ならオリンピックでいくつもの世界記録を出すことができるだろう。もちろん、そんなことはしない。本当の自分の力じゃないからだ。

「百メートル走みたいだから、軽く走るよ。目立つ記録を出さなきゃいいんだろ?」

「わかっとるならええけど」

切れ長の目を薄く開いて、冬夜は僕の頬を突いた。

「お前はちょっと抜けてるところがあるからな。前にも店の天井に頭ぶつけたし」

「あの時は力の加減がわからなかったんだよ」

「今は大丈夫なんやな?」

「うん。ちゃんと人のいないところで練習したからね」

僕は自分の胸をぽんと叩いた。

「よし! 次は天野……天野瑞樹と速水恵一《はやみけいいち》だ」

グラウンドで体育の松尾《まつお》先生が僕の名前を呼んだ。

僕は首を軽く回しながら、スタート地点に立った。隣で恵一君がクラウチングスタートの体勢をとる。僕も恵一君と同じように両手の指を地面につける。

ちらりと視線を横に向けると、十数人のクラスメイトに混じって、冬夜が眉間にしわを寄せている。まだ、心配しているようだ。

ちゃんと作戦を考えているから大丈夫なのに。

「よーい……………スタートッ！」

先生の声と同時に、僕と恵一君はスタートを切った。両手、両足を動かしながら、隣を走っている恵一君を見る。恵一君は僕の一メートル前を走っていた。前傾姿勢から背筋を伸ばして、腕を前後に振っている。自分より走る姿勢がしっかりしている。

と、やばい。このままだと追い抜いちゃうな。

僕は僅かにスピードを緩める。恵一君との距離を数十センチに保ちながら、心の中でうなずいた。

これでいい。走っている間はタイムがわからないけど、恵一君より遅れてゴールすれば目立つことはないから。

ゴールの前には、クラスメイトの大和《やまと》君と秋雄《あきお》君がストップウォッチを持って立っていた。その姿がどんどん大きくなる。

あと、三十メートル………二十………十………。

僕は恵一君より半歩遅れてゴールした。

よし！　バッチリだ。これで冬夜も安心しているかな。

「お……………おいっ、瑞樹」

恵一君が肩で息をしながら、僕に近づいてきた。

「お前、すごいな」

「すごいって、僕より君のほうが速かったよね？」

「……………たしかにそうだけど」

恵一君がもごもごと口を動かす。

「おおおおっ！　瑞樹ーっ！」

突然、大和君が僕に抱きついてきた。大和君は僕より五センチ背が高く、小麦色の肌をしていた。お調子者でノリがよく、転校生の僕にも気軽に話しかけてくれるいいクラスメイトだ。

「お前、とんでもない奴だったんだな」

「とんでもないって、僕は恵一君に負けたんだよ？」

「恵一は陸上部で、十秒後半で走るんだぞ。去年のインターハイでもいい成績残してるし」

「十秒…………」

「ちなみにお前の記録は十一秒ジャストだ。これって、お前もインターハイにいけるんじゃね？」

「あ…………」

たらりと額から汗が流れ落ちた。

「いや、そ、それはストップウォッチが故障してたんじゃないかな」

「そんなわけないだろ。お前は恵一とほとんど同時にゴールしたんだから」

「うっ…………」

他のクラスメイトたちも驚いた顔で僕を見ている。

しまった。まさか、恵一君がそんなに速かったなんて。

「アホっ…………」

いつの間にか側にいた冬夜が僕の頭を軽く叩いた。


放課後、松尾先生からの熱心な陸上部への誘いを断って、僕は職員室を出た。オレンジ色の光が窓から廊下に射し込んでいて、どこからかチューバの音が聞こえている。吹奏楽部が練習をしているんだろう。

「クラブ活動か…………」

『神様の恩恵』のことがあるから、入るなら文化系か。それなら、今日の体育みたいな失敗はしないだろうし。でも、甘露堂でのバイトがあるからなぁ。それに姉さんの世話もしないと。姉さんは僕が食事を作らないと、インスタント食品ばっかり食べるから。

と、今日は野菜炒めにするかな。キャベツともやしとブナシメジを入れて……。

そんなことを考えていると、教室から女の子の声が聞こえてきた。

「ああっ、ダメダメっ！　床を拭く時は隅までしっかりとね！」

あれ？　この時間に掃除？　でも、この教室は使ってなかったはずだぞ。

僕はドアの隙間から教室を覗いた。そこには同じクラスの進藤夕芽《しんどうゆめ》さんがいた。

夕芽さんは二つ結びの髪型を揺らして、右手を上下に動かしている。どうやら、誰かに掃除の仕方を教えているようだ。桜色の唇から白い八重歯が覗いていた。

「そうそう。隅が汚れていたら、掃除の意味がないからね」

「いいね。だいぶ綺麗になってきたよ」

「やればできるじゃん！　その調子」

夕芽さんの声だけが教室に響いている。

誰に話しかけているのかな？

視線を動かすと、教室の隅で人形のようなものが動いていた。高さは三十センチぐらいで、子供が粘土で作ったような体をしている。頭部には二つの丸い穴が開いていて、頭頂部から鮮やかな緑色の双葉が生えていた。その人形は小さな雑巾を使って、床を丁寧に拭いている。

あれって、ナリソコナイじゃ？

その時、ドアに触れていた手が動いてしまって、ガタリと大きな音がした。

「誰っ？」

振り向いた夕芽さんは、僕の姿を見て、ぱっちりとした目を丸くした。

「あ…………瑞樹君」

「声が聞こえたから…………」

僕はそう言いながら、視線をナリソコナイに向ける。ナリソコナイは穴ぼこのような目で僕を見上げている。

「あれ？　もしかして、瑞樹君、ナリソコナイが視えるの？」

「…………え、えーと」

僕はナリソコナイから視線をそらす。その動きが逆にまずかったようだ。夕芽さんはぐっと僕に顔を近づける。

「視えるんだね？」

「…………まあ」

「す、すごい！　私以外にもネンドンが視えるなんて」

「ネンドン？」

「あ、このナリソコナイの名前だよ。私がつけたんだ」

夕芽はネンドンを持ち上げて、近くの机の上に置いた。

「ほら、粘土みたいな体をしてるから」

「それで、ネンドンか」

「うんっ！　かわいいでしょ？　頭の上の双葉が髪飾りみたいで」

「は、ははっ」

僕はぎこちない顔で笑った。かわいい…………かな？　僕には無表情の人形にしか見えないけど。

その時、真一文字に結んでいたネンドンの口がぱかりと開いた。

「おは…………よう」

「おはよう？」

「おはようじゃないよ、ネンドン」

夕芽さんがネンドンの頭を人差し指で押した。ふにゅりとその部分がへこみ、数秒後に元の形に戻る。

「今は夕方だから、こんばんは、かな」

「…………こん……ばんは」

暗く低い声がネンドンの口から漏れる。

「ナリソコナイって、喋れるんだ?」

「もしかして、瑞樹君は他のナリソコナイを視たことがあるの?」

「うん。僕が視たのは、黒くて丸いナリソコナイだよ。目玉が一つだけの」

「私はこの子だけしか視えないみたい」

夕芽さんは愛しそうな目でネンドンを見つめる。

「ネンドンは私が小学生の頃に育てたんだ」

「育てた?」

「うちの家の庭に生えていた双葉を植木鉢に入れてね。何の植物かわからなかったけど、どんな花が咲くのかなって想像して。でも、何ヶ月経っても双葉のままでさ。それでも、ずっと水をあげて、ホームセンターで栄養剤を買って…………。そしたら、ある日、この子が植木鉢の上に立ってたの」

「その双葉がナリソコナイだったってこと?」

「多分ね。その時は、ナリソコナイのことなんか何も知らなくて、ほんとビックリしたよ。お父さんやお母さんはネンドンの姿なんか視えないって言うし、病院に連れて行かれそうになったなぁー」

夕芽さんは恥ずかしそうに笑った。

「その頃、私、引っ込み思案で友達がいなくてさ。神様が友達をくれたと思ったんだ」

「ナリソコナイが友達？」

「うん。いっしょにかくれんぼしたり、鬼ごっこしたりしてね。高学年になったら、自然に人間の友達もできたけど、一番の友達は今もネンドンかな」

夕芽さんが顔を上げて、まぶたをすっと閉じる。

「ネンドンがナリソコナイだとわかったのは中学生の頃だよ。近くの神社の神主さんに聞いてね。あっ、知ってる？　ナリソコナイって神様になりそこなった生き物なんだよ」

「それはね。僕も詳しい人から教えてもらったから」

「じゃあ、これは知ってる？」

夕芽さんの声のトーンが低くなる。

「ナリソコナイを神様にする方法」

「えっ？　そんなことできるの？」

僕の質問に、夕芽さんは首を縦に振る。

「ナリソコナイと神様は似たようなものなんだよ。ほら、座敷童子《ざしきわらし》とか、神様って言う人もいれば、妖怪って言う人もいるでしょ」

「あー、たしかに。で、座敷童子はどっちなの？」

「それは私もわからないよ。ポイントは神様になったナリソコナイの話が伝わっていること。つまり、ネンドンも神様になれるんだよ」

「この子を神様にしたいんだ？」

「うん！　そうすれば寿命が延びるから」

夕芽さんの表情が暗くなる。

「…………この子、もうすぐ自分は消えるって言うんだ」

「消える？　ナリソコ…………ネンドンがそう言ったの？」

「そう…………ネンドンが言った」

ネンドンが机の上で両手をあげる。

「ネンドン…………もうすぐ消える。命の時間…………終わる」

「消えるって…………」

僕は目の前のネンドンを見つめる。消えるって死ぬってことだよな？

「ナリソコナイにも寿命があるってこと？」

「うん。妖力が強いナリソコナイは何百年も生きることがあるらしいけど、ネンドンにそんな力はないの」

「妖力が弱いと寿命も短いってことか」

「だから、ネンドンを神様にするんだ」

夕芽さんの声に力がこもる。

「ナリソコナイより神様のほうが寿命長いし、死なない神様もいるって古書に書いてあったの」

「でも、どうやって？」

「人間の役に立つことをネンドンにやらせるんだよ。これも古書に書かれてあったことなんだけど、人間に信仰されることでナリソコナイが神様になることがあるんだって」

「あ……それで掃除をやらせていたのか」

「うんっ！　小さなことだけど、これだって人の役に立っているからね」

「ネンドン……人の役に立って……神様になる」

ネンドンが口を三日月の形にした。笑っている……んだろうか。

「夕芽……お腹空いた」

「あーっ、ずっと掃除してたからなあー」

夕芽は制服のポケットからラップに包まれた緑色のクッキーを取り出した。

「はい。頑張って掃除したご褒美ね」

「ありが…………とう」

　ネンドンは手袋をしたような手でクッキーを受け取り、ぱかりと開いた口の中に放り込む。ふわりと抹茶の香りが周囲に漂った。

「ネンドンは抹茶系のお菓子が好きなんだ。美味しそうに食べているでしょ」

「そう？　無表情に見えるけど」

「えーっ、こんなに喜んでいるのにわからないかなぁー」

　夕芽さんは不満げな顔をして、ネンドンの頭頂部に生えている双葉に触れる。左右対称の葉っぱは深い緑色をしていて、主脈と側脈がくっきりと見えている。子供が描いた葉っぱの絵のようだ。

「でも、私以外の人がネンドンを視れるなんて、嬉しいな。瑞樹君もこの子の友達になってくれない？」

「ナリソコナイと友達？」

「あ、心配しなくていいよ。ナリソコナイって、悪いことをするイメージがあると思うけど、ネンドンはいい子だから。それにさー、ネンドンは神様になるんだよ。いまのうちに恩を売っておけばいいことがあるかもよ」

「いいことか………」

「そう。例えば、すごい力をもらえるとか」

「それはいいよ」

ぶんぶんと首を左右に振った。これ以上、変な力をもらったら、平穏な生活がますます遠くなってしまう。

「でも、悪いナリソコナイでないのなら、友達になるのはかまわないよ」

「えっ？　本当にいいの？」

「僕は転校生だからね。友達は増やしていかないと」

「じゃあ、私とも友達になってよ。ナリソコナイが視える仲間としてさ」

そう言って、夕芽さんはにっこりと笑った。


「なんや。もう、ナリソコナイが視えることがバレたんか？」

土曜日の朝、バイト先の甘露堂で冬夜が呆《あき》れた顔をした。

「お前なぁー、目立つのは苦手って言うてたくせに何やってるんや」

「まさか、クラスメイトにナリソコナイが視える子がいるとは思わなかったんだよ」

綺麗な布巾で木製のテーブルを拭きながら、僕は頬を膨らませる。

「なんとかごまかそうとしたけど、目線で気づかれて…………」

「やっぱり、お前はちょっと抜けてるな。体育の時も目立ちまくりだし」

「うっ………」

「まあ、夕芽なら大丈夫やろ」

「冬夜は知ってたの？　夕芽さんとネンドンのこと」

「まあな。粘土の人形みたいなナリソコナイが夕芽の側におったのを何度も視たことあるし。悪さする様子もなかったから、ほっといたけど」

「………冬夜。ナリソコナイって何なんだろう？」

「前に言うたやろ。神さんになりそこなった生き物や」

冬夜は慣れた手つきで着物の襟《えり》を整える。淡い紫の着物を着ている姿は学生服姿よりもしっくりくる。多くのお客様は冬夜が高校生とは思っていないだろう。

「もともとは同じ生き物ってことかな？」

「そうかもしれん」

「そうかもって、冬夜もわからないんだ？」

「そのへんは曖昧《あいまい》なんや。古書に書いてあることもな」

冬夜の整った眉が中央に寄る。

「神さんは生まれた時から神さんの場合もあるし、ナリソコナイが神さんになることもある。逆に神さんが信仰を失ってナリソコナイになったこともある」

「夕芽さんは、神様もナリソコナイも似たようなものって言ってたな」

「ある意味、それは正しいかもしれん。付喪神《つくもがみ》は長い間使っていた道具に神さんが宿るって言われとるけど、人によってはそれをナリソコナイ――妖怪に分類する研究者もおる」

「人間が勝手に同じ生き物を分けているってこともあるのかな？」

「そうかもな。祀られとるのが神さんで、それ以外をナリソコナイって言うとるだけかもしれん」

「面白い話をしてるのね」

突然、背後から声が聞こえてきた。振り返ると、鮮やかな赤色の着物を着た三十代ぐらいの女の人がイスに座っていた。髪の毛は長く、後ろに束ねていて、花の形をしたかんざしを挿している。ぷっくりとした唇には着物の色と合わせたように赤い紅《べに》が塗られていた。

神様……だろうな。ここは神様用の店内だし。

「おこしやす。茉莉《まり》さん」

冬夜が女の人――茉莉さんに深く頭を下げた。『おこしやす』ってことは常連の神様ってことか。僕は雛子さんに教えてもらったことを思い出す。『おいでやす』が一見《いちげん》のお客様に使う言葉なんだよな。

女の人はにっこりと微笑んで、冬夜の顔を覗き込む。

「で、神様とナリソコナイが同じ？」

「あ、い、いや………」

冬夜は額に浮かんだ汗を拭った。

「僕はそんな考えじゃありませんから。そう考える人間がいるってだけで」

「それならいいけどね。でも、そんな話をここでしていたら、怒る神様もいると思うよ。ナリソコナイと同じ扱いをされたらさ」

茉莉さんは視線を冬夜から僕に移す。

「で、この子が新しく入った子か。名前は？」

「あ………天野………天野瑞樹です」

「ふーん………かわいい顔してるじゃない。中学生？」

「こ………高校生です」

がくりと肩が落ちる。神様にまで年齢を間違われるのか………。

それにしても綺麗な女の人だな。何の神様なんだろう？

「茉莉さんはさっき話した付喪神や」

冬夜が僕の耳に唇を寄せた。

「かんざしのな」

「かんざし……」

僕は茉莉さんが挿しているかんざしを見つめる。それは色がついた硝子のような素材で作られていて、上品で落ち着いたデザインだ。きっと、長い間、大切に使われていたんだろう。そして、そのかんざしに神様が宿ったってことか。

茉莉さんは紅を塗った唇を動かした。

「ナリソコナイに興味があるの？」

「あ、えーっと、友達がナリソコナイを神様にしようとしてて……」

「ふーん……無茶なことを考えるのね」

「無茶……ですか？　でも、ナリソコナイが神様になることもあるんですよね？」

「ええ。というか、何だって神様になれるわよ。山や川、動物、植物に建物や道具もね。人間だってなっているじゃない」

「えっ？　そうなんですか？」

「天神《てんじん》さんや平将門《たいらのまさかど》は有名やろ」

冬夜が僕の頭に人差し指を押しつける。

「天神さんは天満大自在天神《てんまんだいじざい》で学問の神さんや。平将門は東京の神田明神《かんだみょうじん》に祀られとる。東京に住んでたのに知らんかったんか？」

「名前ぐらいは知ってたけど………」

「今の若い子らしくていいじゃない」

くすくすと茉莉さんが笑い出す。

「とにかく、神様になる可能性なら、なんだってあるの。でも、ナリソコナイが神様になることは、ほとんどないかな」

「可能性が低いってことですか？」

「そうね。歩いていたら雷が落ちてきて、死ぬぐらいの確率かしら」

茉莉さんが怖いたとえを言った。

「滅多にないことだから、人間の間でも話題になったんじゃないの。それに古書の中にも、ウソが書いてあることもよくあるし」

「…………そう、ですか」

ずっしりと何かが肩にのしかかってきたような気がした。夕芽さんはネンドンを神様にしようと頑張っていたのに。

「…………ナリソコナイが神様になれる確率を上げる方法ってあるんですか？」

「それは人間に信仰されることじゃないの」

ほうじ茶を飲みながら、茉莉さんが答えた。

「神様と人間は密接に関わっているからね。人間の想いが神様やナリソコナイを変化させることがあるから。寿命にも影響するって話よ」

「じゃあ、人間の役に立つことをナリソコナイがやっていたらどうですか？」

「どんなこと？」

「たとえば、学校の掃除とか」

「その程度じゃねぇー。まあ、ちょっとは確率が上がるかも」

「上がるかも、ですか」

「明確なルールなんてないからね。神様になる試験があるわけでもないし。と、きたきた。これを待ってたの」

冬夜が持ってきた抹茶サブレとおうすのセットを見て、茉莉さんの瞳が輝いた。この抹茶サブレは武雄さんの手作りで、葉っぱの形になっている。その形が木目のある木の器と合っていて、そこから本物の葉っぱが生えているようだ。口溶けがなめらかで、女性客に人気のメニューだった。

茉莉さんは幸せそうな顔で抹茶サブレを頬ばる。その姿は人間の女性にしか見えない。

喋り方も人間っぽいし、別の場所で会っていたら、神様とは思わないだろう。

「んんっ…………これよ。ほどよい甘さと抹茶の香りが最高。チョコが入ったタイプも嫌いじゃないけど、私は抹茶の味を素直に楽しみたいのよねー」

「瑞樹君」

店の奥から、雛子さんの間延びした声が聞こえてきた。

「ちょっと手伝ってくれるかなぁー。人間のお客さんが増えてきたの」

「あ、すみません。すぐに行きます」

僕は小走りで人間用の店内に向かった。

お客様にほうじ茶を出しながら、僕は夕芽さんのことを考えていた。夕芽さんはネンドンを神様にしようとしている。でも、その確率は低いみたいだ。

このことを話したら、夕芽さんは悲しむだろうな。

がっかりした夕芽さんの姿を想像して、僕の心も暗くなった。


月曜日の放課後、僕は空き教室で夕芽さんに昨日の話をした。

夕芽さんは僕の話を聞き終えた後、ぴったりと閉じていた唇を開いた。

「冬夜君の家が甘味処をやっているのは知ってたけど、そんな秘密があったんだね」

「信じてくれるんだ？」

「そりゃあ、神様になれなかった生き物をこの目で視ているから」

自分の目を指差して、夕芽さんは微笑む。

「あ、夕芽さん。甘露堂のことは内緒にしてて欲しいんだ」

「わかってる。店の営業妨害になるだろうし、スイーツを食べに来る神様に迷惑をかけちゃまずいよね」

夕芽さんは憂《うれ》いを帯びた瞳で机の上にいるネンドンを見つめる。

「…………そっか。ナリソコナイが神様になるのは難しいんだ」

「多分、本当だと思う。神様の言葉だから」

ネンドンは僕の話を理解できたのか、よくわからなかった。穴ぼこのような目でぼんやりと僕を見上げている。

数分間の沈黙の後、夕芽さんは自分の頬を両手で叩いた。

「よし！　覚悟を決めたよ」

「覚悟？」

「うん。可能性が少しでもあるのなら、止めるわけにはいかないからね」

夕芽さんはネンドンを抱き上げて、頬ずりする。

「ネンドンは私の大切な友達だから」

「そう………ネンドンと夕芽は友達」

ネンドンが短い腕をぐるぐると振り回す。その姿は少し嬉しそうに見えた。

「じゃあ、教室の掃除じゃなくて、もっと、人の役に立つことをネンドンにやらせるといいよね」

「そうだね。多くの人間に信仰されるようなすごいことができればいいんだけど。例えば、病気を治したり、強盗をやっつけたり」

「そんな力はネンドンにはないんだよなぁー」

夕芽さんはふっとため息をつく。

「単純な力は私より弱いし、動きものろいし」

「ネンドン………力弱い」

ネンドンが胸を張って答えた。

「ネンドン、そこは自慢げに言うところじゃないから」

「そう………か」

「とりあえず、できることからやっていこうか」

「ネンドンができることって？」

　僕の質問に夕芽さんは「う〜ん」と声を出す。

「ネンドンの姿を普通の人は視ることができないからなぁ。おつかいは無理だし、やっぱり掃除系か」

「それなら公園の掃除がいいかもしれないね。そのほうが多くの人に喜ばれるだろうし」

「うん。公園は誰でも利用する場所だから」

「僕も手伝うよ」

「えっ？　いいの？」

「少しの時間ならね。平日はバイトもないし、姉さんの夕食を作るだけだから。それに、ネンドンが神様になれたら、きっと、甘露堂のお客様になってくれると思うから」

「…………ありがとう、瑞樹君」

　夕芽さんは白い八重歯を見せて、ネンドンを机の上に下ろす。

「ほら、ネンドンもお礼を言って」

「あり……がとう。ネンドン……嬉しい」

　ネンドンの口が弧を描くように吊り上がった。

　学校から徒歩十分の距離にある公園には、人の姿がなかった。数台の遊具と小さな砂場があって、囲うように寒椿が植えられている。

「じゃあ、始めようか」

夕芽さんはコンビニで買ってきた軍手を両手にはめて、ゴミ袋を広げた。

「ネンドンはゴミをどんどん拾ってきてね。私たちも手伝うから」

「わかった…………」

ネンドンはとことこと公園の中を歩き出す。まるで、おもちゃの人形がリモコンで動いているようだ。

「ネンドンの姿って、僕たち以外には視えないんだよね？」

「だと思うよ。ナリソコナイの話をしてくれた神主さんも実際に視たことはないんだって。やっぱり、霊感とかそのナリソコナイとの関わり合いが関係してるんじゃないかな」

夕芽さんが口を動かしながら、足元に落ちていた空き缶を拾いあげる。

「私は霊感がないから、関わり合いがあるネンドンしか視えないしね」

「僕もそうだよ。東京じゃ、神様もナリソコナイも視たことなかったから」

「甘露堂で働くと、神様やナリソコナイが視えるようになるんだよね？」

「うん。そうでないと神様の接客ができないし」

「ってことは、冬夜君もネンドンが視えてたってことか。冷たいなぁ｜、それなら、話しかけてくれればよかったのに」

「目立つ行動はとりたくなかったんや」

突然、背後から京都弁が聞こえてきた。振り返ると、そこには冬夜がいた。

夕芽さんが驚いた顔で冬夜を指差した。

「とっ、冬夜君？　どうしてここに？」

「お前と瑞樹のことが気になってな。学校からつけてきたんや」

冬夜は公園の中を動き回っているネンドンに視線を向ける。

「どうやら、ナリソコナイを神さんにすること、諦めてないようやな」

「もちろんだよ！　そうしないとネンドンが消えちゃうんだから！」

「それで公園の掃除か。そんなことやっても、神さんになれる可能性はほとんどないと思うぞ」

「それでもゼロじゃないのならやるよ」

夕芽さんはきっぱりと言った。

「ネンドンは私の友達なんだから」

「友達………ねぇ」

その時、ネンドンが僕たちのところに走り寄ってきた。

「夕芽………ゴミを見つけた」

そう言って、一本の吸い殻を差し出す。

「これで………いいか？」

「うんっ！　その調子だよ」

夕芽さんは受け取った吸い殻をゴミ袋に入れる。

「これで………ネンドン、神様になれるか？」

「もっと、いっぱいゴミを拾ったらね」

「それなら………もっと探してくる」

ネンドンはきょろきょろと周囲を見回しながら、ゴミを探し始める。

その姿を見て、冬夜が深く息を吐き出した。

「たしかに悪いナリソコナイじゃなさそうやな」

「冬夜、ナリソコナイって悪いことをするのが普通なのかな？」

僕の質問に、冬夜は眉を僅かに動かす。

「そんな言い伝えが多いのは事実やな。九尾《きゅうび》の狐《きつね》や牛鬼《うしおに》の話は聞いたことあるやろ」

「牛鬼なんて名前も知らないよ」

「頭が牛で体が蜘蛛《くも》のナリソコナイや。水辺に現れて人間を襲うって伝えられとる」

「人間を襲うって、殺された人もいるの？」

「鎌倉時代の古書には、七人殺したって書かれとる」

「そんなことまで知ってるんだ……」

「別に古書を読まんでも、ネットで確認できる情報や」

冬夜は視線をネンドンに向ける。

「少ないけど友好的なナリソコナイの話も伝わっとるし、全てのナリソコナイが悪意を持っとるわけやない」

「あーっ、目玉がお父さんの……」

「そりゃ、アニメの話や！」

冬夜が手の甲で僕の胸を叩く。

「とにかく、僕もナリソコナイが神さんになる方法を調べてみるわ」

「えっ？　ほんとに？」

夕芽さんが目を丸くして、冬夜に駆け寄る。

「ああ。夕芽とは一年の頃からクラスメイトやし、甘露堂の仕事が忙しい時、掃除を替わってくれたこともあったからな。だけど、期待はせんほうがええ」

「それでも嬉しいよ。ありがとう、冬夜君」

「あ、それと…………」

冬夜はカバンから紙袋を取り出して、夕芽さんに渡す。

「これは、うちの店で作ってる抹茶サブレや。あのナリソコナイは抹茶系の甘味が好きなんやろ？　瑞樹から聞いたぞ」

「もらっていいの？」

「割れたり、欠けたりしとる訳あり品やからな。どうせ、店で出すことはできん」

そう言って、冬夜は夕芽さんから視線をそらした。

その仕草に僕の頬が緩んだ。冬夜って理論的で冷たいイメージがあるけど、本当は優しいんだな。ネンドンが抹茶系のお菓子を好きなことを、ちゃんと覚えていたし。


ゴミ拾いは冬夜も手伝ってくれたから、数十分で終わった。その後、公園の隅にあるベンチで抹茶サブレを食べた。抹茶サブレは割れているものが多かったけど、味は店で出している商品と同じだった。口の中でほろりと溶けて、抹茶の上品な味が広がっていく。

やっぱり、武雄さんの作るお菓子は美味しいな。ただ、甘いだけじゃなくて素材のよさを生かしている。そのバランスが絶妙なんだ。これも『神様の恩恵』の力で武雄さんの味覚が優れているせいもあるんだろう。

ネンドンも夢中で抹茶サブレを食べていた。表情は相変わらずわかりにくいけど、食べるスピードが速い気がする。もし、この抹茶サブレが気に入ってくれたのなら、ネンドンが神様になった時には、本当に甘露堂の常連になってくれるかもな。

その日の夜、僕は姉さんに連れられて、二条城に来ていた。小説を書くために二条城のライトアップが見たいと言い出したからだ。それなら独りで見に行けばいいのに、僕といっしょでないとイヤだと言うし、ほんとわがままだよな。

東大手門の前で入場料を払って中に入った。多くの観光客に混じり、ライトアップされた城内を土塀に沿って西に向かう。鮮やかな唐門を通り過ぎると、下からライトで照らされた美しい桜の木が見えた。淡いピンク色の花びらが夜空を隠すように広がっている。

「どう？　この幻想的な光景」

姉さんが僕の背中をバンバンと叩いた。

「散る寸前の桜の儚《はかな》さが奇跡の美しさを創り出していると思わない？　まさに幽玄《ゆうげん》の美、滅びの美が目の前に具現化されているの。この二条城は徳川家康《とくがわいえやす》が建設した平城なのよ。知ってる？　徳川家康」

「徳川家康を知らない高校生なんて、日本にいないよ」

「そう？　とにかく、そんなすごい人が造った建物とライトアップされた桜。二つが融合したことで、この空間は変化したの。過去と現在が混じり合う異質な世界に…………。こんな素晴らしい場所が近くにあるなんて。ああ、京都に生まれてきてよかった」

「姉さんは僕と同じ東京生まれだろ」

僕は姉さんに突っ込む。

「でも、姉さんが感動するのはわかるよ。本当に綺麗だから」

「これで執筆が進む気がするの。締切が近いのに全然書けなかったから」

「今、書いている作品って、どんなの？」

「十三人の高校生が二チームに分かれて殺し合うデスゲーム小説だよ。殺人シーンの描写が難しくてさー」

「桜のライトアップ、関係ないじゃん！」

「殺人シーンには美しさが必要なの。散っていく桜の美しさが殺される女子高生の描写に使えるかなーと思って」

姉さんは夜空に舞い散る桜の花びらを眺める。

「瑞樹だって、美しく死んでいく女子高生の姿を見たいでしょ？」

「見たくないよ。僕はホラー系が苦手なんだから」

「えーっ、ホラー作家の弟がそれでいいの？」

「いいと思うよ。僕が小説を書くわけじゃないし。それに…………」

「それに何？」

「…………いや」

僕は首を左右に振った。

現実でナリソコナイを視ているからなあ。ある意味、それがホラーだし。

初めて見たナリソコナイの変な姿を思い出す。もし、姉さんにナリソコナイの話をしたら、小説の題材に使いそうだ。でも、話すわけにはいかないな。心配するだろうから。

その時、ズボンの裾を誰かが掴んだ。

足元を見ると、ネンドンが僕を見上げている。

「ね、ネンドン？」

「えっ？　ネンドンって何？」

「あ、なっ、何でもないよ、姉さん」

僕は慌ててネンドンを抱き上げた。

「じゃあ、これから別行動ってことで」

「はぁ？　なんでそうなるのよ！」

「独りで桜を見たい気分なんだ。姉さんはここで小説の構想を練ってればいいよ」

そう言って、僕は姉さんから離れた。


人の少ない桜の木の前で、僕はネンドンを地面に下ろした。

「なんでこんなところにいるんだよ？」

「ゴミ拾いしてたら…………瑞樹の匂いがしたので…………会いに来た」

ネンドンはぱくぱくと口を動かす。

「瑞樹に…………聞きたいこともあった」

「聞きたいことって？」

「瑞樹は夕芽のこと…………好きか？」

「すっ、好き？」

自分の顔がかっと熱くなった。

「…………好きって、どういう意味で？」

「好きに違いがある…………のか？」

「あるよ。クラスメイトとして好きとか、恋愛の対象として好きとか」

「ネンドン…………よくわからない」

ネンドンが首を僅かに傾ける。

「そうだろうね。人間でも、そのへんの感情の判断は難しいから」

僕はふっと息を吐き出す。

「夕芽さんは僕のクラスメイトで友達だよ」

「好きって……………ことか？」

「……………そうだね。恋愛感情とは違うと思うけど」

「……………よかった」

ネンドンはぐるぐると両手を動かす。

「これで……………ネンドンが消えても安心。夕芽を好きな瑞樹が……………いるから」

その言葉に僕の顔が強張った。

「消えるって、死ぬってこと？」

「そう……………この世からいなくなる」

「……………夕芽さんが悲しむと思うよ。僕じゃ、ネンドンの代わりは無理だから」

「そうか……………」

ネンドンの表情が曇った気がした。

「夕芽は……………泣き虫だ」

「そうなの？」

「ネンドンが消えるって言ったら…………ずっと、泣いていた。消えたら…………ダメって言われた」

「そりゃそうだよ。夕芽さんにとってネンドンは大切な存在なんだから」

交通事故で死んだ両親のことを思い出して、僕の胸がちくりと痛んだ。ネンドンはナリソコナイだけど、夕芽さんとずっといっしょに過ごしてきたんだ。そんな存在がいなくなるのは悲しいに決まっている。

「神様になれば、寿命が延びて、消えなくてすむんだよね？」

「それは…………ネンドン、わからない」

「わからない…………か」

「でも、夕芽がそう言っているから…………きっと、寿命は延びる。だから、ネンドン、頑張ってみる」

「…………そうだね」

僕はしゃがんでネンドンの葉っぱに触れた。左右対称の双葉が揺れ、さわやかな柑橘《かんきつ》系の香りがした。

二人の女の人が足を止めて話し始めた。

「あれ、なんか、いい香りがする」

「桜の香り？」

「うーん、よくわからないな。桜のような、蜜柑《みかん》のような……」

「でも、この木、花が咲いてないよ」

女の人が僕の目の前にある桜の木を指差す。たしかにその桜の木には葉も花も生えていなかった。他の桜の木は綺麗な花を咲かせているのに。

「この近くだけ、桜の花がないのは寂しいよね」

「うん。ライトアップもここだけされてないし」

「しょうがないよ。花が咲かない年もあるらしいから。病気なんでしょ」

「あ、あっちはちゃんと咲いてるよ」

女の人たちは喋りながら、離れていった。

やっぱり、ネンドンの姿は視えていなかったようだ。

「人間は……不思議だ」

ネンドンが桜を見上げて喜んでいる女の人たちに視線を向ける。

「食べられない花を見て……喜んでいる」

「綺麗だからね」

「綺麗……？」

「うん。ネンドンはそう思わないかな？」

「ネンドン、わからない。でも……人間のほうが綺麗だと思う」

ネンドンは丸い目で僕を見つめる。

「人間は……大きくて……白くて……手と足が長い。ネンドンと違う」

「大きいのも綺麗のポイントなのか」

「そう……だから、ネンドン、神様になったら……大きくなる。大きくなれば、掃除もいっぱいできる」

「神様になっても、掃除をするんだ？」

「掃除は……楽しい。それに……人間の役に立つ」

「そうだね。いろんな場所を掃除してくれる神様がいたら、みんなが喜ぶと思うよ」

「そう……か。よかった」

ネンドンの口が笑みの形になる。

「瑞樹と話せて……よかった。ありが……とう」

そう言って、ネンドンは歩き出した。

「あ、夕芽さんの家に帰るのなら、連絡しておこうか？」

「いや…………ネンドン、掃除する」

「まだ、掃除するの？」

「大丈夫…………ネンドン、夜でも目が見える」

「それなら、僕も手伝おうか？」

「人間は…………寝ないといけない。夜はネンドンだけで…………いい」

「疲れたら、無理しないで休むといいよ」

「わかった…………」

ネンドンは両手を振り回しながら、人混みの中に消えていった。

日曜日の朝、甘露堂の店内で朝の掃除をしていると、武雄さんが僕を呼んだ。

「おい、瑞樹。ちょっと厨房に来い」

「は、はい！」

厨房に行くと、テーブルの上に金属製のボウルが二つ置かれている。中には白い粉とバターが入っていた。

「今日から、厨房の手伝いもやってもらうぞ」

「い、いいんですか？」

「下ごしらえだけだがな」

武雄さんは太い眉を動かして、洗い場を指差す。

「まずはしっかりと手を洗え！ 清潔にすることが一番だからな」

僕は武雄さんの指示に従って、両手と腕をしっかりと洗う。その後、半透明の料理用の手袋を渡された。

「よし！ まずはその粉とバターを混ぜろ」

「この白い粉はなんですか？」

「薄力粉と粉砂糖、それにベーキングパウダーだな。どれも俺が厳選した高級品だから、こぼすなよ」

「……………は、はい」

僕は緊張した手で白い粉とバターを混ぜた。角切りに切られたバターはまだ冷たく、硬さがある。

「お前は力が強くなっているんだから、少し抑えめにな」

「は…………はい」

「バターと粉をしっかりと馴染《なじ》ませて、手からぼろぼろとこぼれるぐらいまでしっかりと練り込め」

「なかなか…………難しいですね」

いつの間にか、額に汗が滲《にじ》んでいる。『神様の恩恵』のおかげで力は強くなっているけど、それだけじゃ、お菓子作りはダメみたいだ。

やっぱり、長年の経験が重要なんだろうな。

「これ…………何の下ごしらえなんですか？」

「抹茶サブレだ」

武雄さんが葉っぱの形をした抜き型を準備しながら、僕の質問に答えた。

「最近、よく注文が入るから、少し多めに作っておくんだ」

「たしかに人気ですよね。ちょっと前は桜餅のほうが注文多かったのに」

「そろそろ、桜の時期も終わりだからな。それに観光客には抹茶系の甘味が好まれるんだ。京スイーツといえば抹茶のイメージが強いからな」

「ですよね。それに、この抹茶サブレは本当に美味しいです」

「…………お世辞か？」

「違いますよ。この前も訳あり品を食べさせてもらって再認識したんです。抹茶の味が上品で甘さも控えめで、男の僕でも美味しく食べられました」

「ふっ、お前もわかっているな」

武雄さんの口元が吊り上がった。

「うちの店は高級な宇治《うじ》抹茶を使っているんだ。そのせいで価格もちょっと高いけどな」

「でも、お客様は満足してるみたいですよ。すごく幸せそうな顔をして食べていますから。人間も神様も」

僕は茉莉さんのことを思い出した。茉莉さんもうっとりとした表情で抹茶サブレを食べていた。あんな風に食べられたら、作った側も満足だろう。

「おっ、やってるな」

冬夜が厨房に入ってきた。

「どうや？　甘味作りも大変やろ？」

「うん。力を入れればいいってもんじゃないみたいだから」

「まあ、そのうち慣れるやろ。厨房での仕事もちゃんとこなせるようになったら、時給も上げてやるからな」

「それは嬉しいな。毎月の借金の返済を増やせるし」

僕はボウルの中で手を動かしながら、冬夜と会話を続ける。

「冬夜……………ナリソコナイが神様になる方法ってわかった？」

「………………今のところはわからん」

冬夜の眉間に深いしわが刻まれる。

「常連の神さんにいろいろ聞いてみたけど、やっぱり、明確な方法があるわけじゃなさそうや」

「そっか……………」

「ナリソコナイを使役《しえき》させとる神さんも知らんかったし、あまり、そういうことに興味ないんやろな」

ふっと冬夜が息を吐き出した。

「とりあえず、今夜、九条《くじょう》にある呉服店の日高《ひだか》さんのところに行ってみるわ。日高さんの倉にはナリソコナイ関係の古書も多いから、いろいろわかるかもしれん」

「…………ありがとう、冬夜」

「お前が礼を言うことやないやろ。それに、お前だって、ずっと夕芽たちにつきあって、町中の公園を掃除しとるんやろ？」

「僕は平日の夕方にちょっと手伝ってるぐらいだよ」

「デートと思えば楽しいかもしれんな。夕芽は男子の中で人気が高いから。八重歯が萌《も》えるらしい」

「デートっぽい雰囲気はないよ。夕芽さんはネンドンのことで頭がいっぱいだから」

そういや、冬夜って恋人いるのかな？

「………冬夜は恋人いるの？」

「なんや？　僕に興味あるんか？」

「そっ、そんなわけないだろ！」

べこりと音がして、金属製のボウルがへこんだ。

「おいっ！　力入れすぎだ」

武雄さんが僕の頭を軽く叩く。

「ボウルをへこませてどうするんだ？」

「す、すみません」

僕は冬夜を睨みつけた。

「冬夜が変なこと言うから」

「軽い冗談や。僕かて、恋人にするなら女子がええ」

「するならってことは、恋人はいないんだ。意外だな。モテそうなのに」

「そんな暇ないからな。この店の経営のことがあるし」

冬夜は視線を壁際に積んであるダンボールに向ける。

「ええ食材は金がかかるし、神さんが金で支払ってくれることはほとんどない」

「大変なんだね」

「そう思うんなら、女物の着物で接客してくれ。お前の女装姿が見たいって言うてるお客さんが何人もおるんや」

「絶対にそれは嫌だ！」

僕はきっぱりと冬夜の提案を断った。

水曜日の放課後、帰り支度をしていると、風邪で休んでいた夕芽さんからLINEで連絡が入った。

【ごめん。ちょっと、私の家に来てくれるかな。地図を貼っておくから】

書き込みの後に、地図が貼ってある。

僕はスマートフォンを操作して、その書き込みに返信をした。

【行くのはいいけど、風邪は大丈夫？】

【実はずる休みなんだ。ちょっとネンドンのことで、いろいろあって……】

【わかった。すぐに行くよ】

隣の席にいた冬夜が僕のシャツを掴んだ。

「どうかしたんか？」

「夕芽さんから家に来てって連絡があったんだ。ネンドンに何かあったのかもしれない」

「………それなら、僕も行く」

「店のほうはいいの？」

「レジ締めは爺さんと婆さんがおるからな。隠居したけど、忙しい時は手伝ってもらっとるし。とにかく、僕も行くって、夕芽に伝えといてくれ」

「わかった」

僕は冬夜といっしょに行くことを夕芽さんに伝えた。


夕芽さんの家は、学校から徒歩で二十分程の距離にあった。黒い屋根瓦の古風な家で、木の塀に囲まれていた。その塀の上から庭に生えている松の木の枝葉が見えている。

呼び鈴を押すと、ドアが開いて私服姿の夕芽さんが姿を見せた。夕芽さんの顔はいつもより青白く、疲れている感じがした。

「突然、呼び出してごめんね。冬夜君もわざわざ来てくれてありがとう」

「気にすんな。で、ナリソコナイ………ネンドンがどうかしたんか？」

「………とりあえず、リビングに来て」

夕芽さんは僕たちをリビングに案内した。

リビングは十畳程の広さで大きめのソファーと木製のテーブルが置いてあった。視線を動かすと、窓から庭が見えた。その庭に小さな祠が建っている。その祠は真新しく、造りが雑だった。

「その祠は私が造ったんだ。ホームセンターで木材を買ってきてさ」

夕芽さんが恥ずかしそうに微笑んだ。

「ネンドン用の祠なの。ほら、信仰されるには祠があったほうがいいと思って」

「そうだね。ネンドンも喜ぶかもしれない」

「…………そのネンドンが大変なんだ」

「ネンドンが大変？」

「うん…………」

夕芽さんは窓際に置いてあった何も植えてない植木鉢に視線を向けた。

「ネンドン…………いるよね？　姿を見せて」

その声が聞こえたのか、植木鉢の上にネンドンが現れた。

「呼んだか？　夕芽」

「うん。瑞樹君と冬夜君が来てくれたよ」

「そう…………か。みんなでまた掃除をするか？」

「その前に頭の上の葉っぱを見せてあげて」

「葉っぱがどうかしたの？」

僕はネンドンの頭に生えている葉っぱに顔を近づけた。

「あ………」

前は鮮やかな緑色だった双葉が茶色に変化している。

「昨日の夜からなんだ」

夕芽さんが暗い声を出した。

「それに、ネンドンの動きが遅くなってて………」

「遅くなった？」

「うん。ネンドン、歩いてくれる？」

「わかった。ネンドン、歩く」

ネンドンは植木鉢から下りて、リビングをぐるぐると歩き出した。その歩き方がたしかに遅くなっている。まるでスローモーションの動画を観ているようだ。

「どうしたんだよ、ネンドン」

「歩くのが………遅くなった」

「それは見ていればわかるけど………」

「もうすぐ…………ネンドン、消える」

「ダメっ！」

夕芽さんの声がリビングに響いた。

「そんなこと言わないで！　ネンドンは神様になって、ずっと私と暮らすの！」

「…………わかった。ネンドン、頑張って…………みる」

「そうだよ。今日だってネンドンを長生きさせるために集まってもらったんだから」

夕芽さんは僕と冬夜に頭を下げた。

「ごめん！　もう、時間がないの。だから、みんなで掃除をして…………」

「普通に掃除しただけじゃきついやろ」

冬夜が強く結んでいた唇を開いた。

「呉服店の日高さんに古書を借りて調べたけど、江戸時代にナリソコナイが神さんになった話が書いてあった」

「えっ？　どうやって神様になれたの？」

「そのナリソコナイは力が強くて、農作業をずっと手伝っとったらしい。それで、村人に好かれて、祠を建ててもろうて、神さんになったようや。他にも人に慕われたナリソコナイが生まれ変わって神さんになった話もあったな」

「人に慕われて…………か。やっぱり、人の役に立つことをしたら、神様になれるんだね」

「そうやな。ただ、そのナリソコナイたちとネンドンには違いがあるやろ」

「違いって？」

「そのナリソコナイたちは人に視えていたってことや」

冬夜は視線をネンドンに向ける。

「僕たちにはネンドンの姿が視える。でも、他の人間にはネンドンは視えんやろ。つまり、どんなに掃除をしても、ネンドンのおかげとは誰も思わん」

「じゃあ、私たちがやってたことって意味がなかったの？」

「いや、意味はあるけど、効果が薄くて時間がかかるようや。これは、昨日、神さんに確認した情報やけどな」

「それじゃあ、ダメなんだよ！」

夕芽さんはこぶしの形にした両手を震わせた。

「ネンドンには時間がないの。早く、神様にしてあげないと…………」

「冬夜…………」

僕は冬夜の腕を掴んだ。

「なにかいい方法はないのかな？」

「…………絶対やないけど、神さんになる可能性が高くなる方法ならある」

「どんな方法？」

「ネンドンの姿は視えなくてもゴミは見えるやろ」

「…………そうか。ゴミが動いているところを見せて、ネンドンが存在することを証明するのか」

僕の言葉に冬夜はうなずく。

「信仰の対象をわかりやすくするってことやな。ゴミを拾っとるナリソコナイがいるとわかれば、それが視えなくても存在を信じるやろし、人によっては信仰の対象になるかもしれん」

「でも、そんなことやったら大騒ぎにならないかな？」

「だから、子供相手にやるんや。子供なら騒ぎになりにくいし、素直に信じてくれるやろ」

「それ、いいよ！　冬夜君」

夕芽さんが胸元で両手を合わせた。

「たしかにその方法なら、ネンドンに好意を持ってくれる人が増えるかもしれない」

「ただ、神さんになる方法は曖昧やからな。こんなことをやっても、本当に神さんになれるかどうかはわからん」

「それでもやってみるよ。絶対にネンドンを神様にするんだから！」

夕芽さんの言葉に強い意志を感じる。

きっと、みんな同じだろう。大切な誰かを守るために全力で行動するのは当たり前のことだから。


公園で数人の子供たちが遊んでいるのを見て、夕芽さんの瞳が輝いた。

「いたいた。とりあえず、あの子たちに声をかけてみようか」

夕芽さんは笑顔でベンチの前にいる子供たちに近づいた。

「ねぇ、君たち、ちょっといいかな」

子供たちが一斉に僕たちを見た。年齢は七歳か八歳ぐらいかな。男の子が二人に女の子が一人。きっと、この公園の近くに住んでいるんだろう。

背が高い男の子が僕たちを警戒するように、遊んでいたカードをポケットに隠した。

「…………何？」

「そのカード、最近、テレビでやってる妖怪バトルだよね？」

「そうやけど…………」

「実はさー、お姉ちゃん、妖怪と友達なんだ」

「えっ、ほんと？」

子供たちは驚いた顔で夕芽さんを見上げた。

「夕芽の奴、子供の扱い、上手《うま》いな」

冬夜が僕の耳元に口を寄せた。

「どうやって、話しかけるんかと思ったけど」

「うん。僕にはできないかも」

子供たちは夕芽さんを取り囲んだ。

「なぁ、どんな妖怪と友達なんや？」

「教えて、お姉ちゃん」

「私の友達のナリソコ…………妖怪はね、ネンドンって名前なんだ」

「ネンドン？」

「うん。こんな感じの妖怪」

夕芽さんは家で描いたネンドンの絵をスマートフォンの画面に表示させた。

「頭に葉っぱが生えているね」

女の子がスマートフォンの画面を覗き込みながら、小さな唇を動かす。

「この妖怪、どんなことができるの？」

「人間と喋ることができるし、掃除が得意なんだ。いい妖怪なんだよ」

「信じられないな」

　メガネをかけた男の子が、不審な目で夕芽さんを見る。

「妖怪なんて現実にいるわけない。アニメとは違うって」

「そんなことないよ。ネンドンはちゃんといるから」

「じゃあ、ここに連れて来てよ」

「君の目の前にいるよ」

　夕芽さんは足元にいたネンドンを指差した。

「えーっ？　何もいないじゃん！」

「いるんだよ。普通の人には視えないだけで」

「本当かなぁ？」

「それなら、ネンドンがここにいることを証明してあげる。瑞樹君、アレ出して」

　僕はポケットからビー玉を取り出し、地面の上に置いた。

「これでいいかな？」

「うん。ありがとう。じゃあ、ネンドン、ビー玉を動かして」

「…………わかった」

ネンドンは腰を曲げてビー玉を持ち上げる。

子供たちの目が大きく開いた。

「うわっ！　ビー玉が宙に浮いてる」

「ま、マジかよ。すげーっ！」

「どうなってるの？　これ」

「妖怪がビー玉を持ち上げているんだよ」

夕芽さんが胸を張って答える。

「ほら、種も仕掛けもないでしょ」

「すごい！　こんなの初めて見たよ」

「妖怪って、本当にいるんだ」

「ウソやろ………」

子供たちの目には浮かんでいるビー玉だけが見えているんだろう。それでも不思議な現象なのは間違いない。

「ねっ、これでネンドンがいるって認めてくれるかな」

夕芽さんはネンドンから受け取ったビー玉を手の平で転がす。

「ネンドンはね、神様になるために頑張っているんだ」

「妖怪が神様になれるの？」

女の子の質問に夕芽さんは大きくうなずく。

「人間に好かれる妖怪は神様になれるの。だから、みんなもネンドンを応援してあげて」

「応援って、どうするの？」

「ネンドンは近所の公園を掃除してるの。そんな優しい妖怪がいることを覚えていて」

「わかった！　ネンドン、掃除頑張ってね」

女の子は視えていないネンドンに向かって、手を振った。


「これで、いいのかな？」

子供たちと話している夕芽さんを眺めながら、僕はつぶやいた。

隣にいた冬夜が整った眉を寄せる。

「今、できることはこれぐらいや。あいつらがネンドンの存在を認めてくれれば、それが第一歩になる。そうやって、人に認識されて、慕われるようになったナリソコナイが神さんになりやすいはずや。ただ………」

「ただ、何？」

「ネンドンの動きがさっきより遅うなっとる」

「あ…………」

僕は視線をネンドンに向ける。ネンドンは子供たちの周りに落ちている落ち葉を拾っていた。その動きが夕芽さんの家で歩いていた時より、さらに遅くなっていた。

重そうに落ち葉を持ち上げているネンドンを見て、自分の心臓が締めつけられる。

夕芽さんも心配そうな顔でネンドンを見ていた。

「ネンドン…………大丈夫？　苦しいのなら、無理しなくていいからね」

「ネンドン、大丈夫」

ネンドンはのろのろとした動きで落ち葉をゴミ袋に入れた。

「ちゃんと…………掃除…………できる」

「じゃあ、もう一枚だけね。ここにいる子たちは、みんな、ネンドンのこと、信じてくれたからね」

「わかっ…………た」

重い荷物を背負っているような動きでネンドンは歩き続ける。

ネンドン…………頑張れ。

僕は心の中でネンドンに声援を送った。

その日から、僕と夕芽さんは子供たちにネンドンの存在を認めてもらう行動を続けた。

多くの子供たちはネンドンがビー玉を持ち上げるだけで、その姿が視えなくても、ナリソコナイの存在を信じてくれた。

きっと大人なら、こう上手くはいかないだろう。何かのトリックだと疑うだろうし。

冬夜も時間が空いている時は、僕たちを手伝ってくれた。

やっぱり、クラスメイトの夕芽さんのことが心配なんだろう。

気になるのはネンドンの頭の上の双葉が片方枯れ落ちてしまったことだ。ネンドンは平気だって言っているけど、動きもどんどん鈍くなっている。

それでもネンドンは子供たちの前でビー玉を持ち上げ、ゴミを拾っていた。

それが大切な自分の仕事だと思っているかのように…………。


土曜日の夜、甘露堂で閉店の準備をしていると、ドアが開いて、夕芽さんが入ってきた。

夕芽さんは青白い顔で僕に歩み寄った。

「ごめんね。突然、バイト先に来て」

「いや、もう閉店だから大丈夫だよ。何かあったの？」

「…………ネンドンがね、歩けなくなっちゃって」

「歩けなくなった？」

「うん………」

「瑞樹……こんばんは」

夕芽さんが持っていた大きなボストンバッグから、ネンドンが顔を出した。ネンドンの頭の葉っぱは黒くなっていて、粘土のような体がひび割れていた。

「ネンドン、もう、歩けないから………夕芽に連れて来てもらった」

「………そうか。歩けなくなったのか」

「でも………こうやって話すことはできる。よかった」

「よくないよっ！」

涙声で夕芽さんが叫んだ。

「もう、ビー玉も持ち上げられなくなったじゃん。だから、子供たちも信じてくれなくなって………」

「ビー玉も………」

「夕芽……来てたんか」

厨房にいた冬夜が顔を出した。冬夜はボストンバッグの中にいるネンドンを見て、表情を暗くする。

夕芽さんが冬夜の着物を掴んだ。

「冬夜君、どうしよう。このままだとネンドンが消えちゃうよ」

夕芽さんの両足はがくがくと震えていて、目のふちには涙が溜まっている。

「神様はネンドンを助けてくれないの？　神様にしてくれないの？」

「……………そんなことができる神さんは下界にはおらん」

「じゃあ、どうすればいいの？　ネンドンがいることを証明できなくなったのに」

店の床に夕芽さんの涙が零《こぼ》れ落ちた。

「最近、不安なんだよ。朝、起きて、ネンドンを呼んで、ネンドンが返事をしなかったら、ネンドンの姿が視えなかったらって思うと、心臓が痛くなって………」

「夕芽………」

「………ごめんなさい。冬夜君を責めるような言い方になって」

「気にすんな。ネンドンがこの状態なら、しょうがないやろ」

冬夜は穏やかな表情で、夕芽さんの肩に手を置いた。落ち着いた冬夜の態度が夕芽さんの不安を和らげたようだ。氷水を頭からかぶったような彼女の顔に色が戻ってきた。

「私ってダメだね。絶対にネンドンを神様にするって決めてたのに」

「…………もう、自分にできることはないのかな」

枯れたネンドンの葉っぱを見ながら、僕はつぶやいた。

「心配……するな」

ネンドンがボストンバッグの中で両手を上げた。

「ネンドン……いい方法を考えた」

「いい方法?」

「人間が……喜んでくれること」

そう言って、ネンドンは開いた口の両端を吊り上げた。

二条城の桜の木の前で、夕芽さんはネンドンをボストンバッグから出した。

「この場所でいいの?」

「ここで……いい」

ネンドンは花が咲いていない桜の木の前に立った。閉城時間が近いのか、人の姿はまばらで風に揺れる枝の音だけが聞こえている。

ネンドンの手が桜の木の幹に触れた。

「冬夜、ネンドンは何をしようとしてるんだろう?」

隣にいる冬夜に、僕は質問した。

「多分………」

「多分、何？」

「見てればわかる………」

僕は視線をネンドンに戻す。ネンドンは両手で木の幹に触れながら、口をぱくぱくと動かしている。

数分後、木の枝が生き物のように揺れ始めた。

「なんだ？ これ………」

僕はぽかんと口を半開きにして、桜の木を見上げた。

やがて、揺れている枝から淡いピンク色の花が咲き始めた。花は次々と咲き続け、夜空を覆うように広がっていく。

いつの間にか、桜の花の香りが周囲に漂っている。

「………綺麗」

隣に立っていた夕芽さんが満開になった桜の木を見上げたまま、花と同じ色の唇を動かした。

「こんなことができたんだね」

「どうだ………夕芽」

ネンドンが胸を張って、両手を上げた。

「ネンドンが…………花を咲かせた」

「うん、うんっ！　すごいよ、ネンドン」

「瑞樹と冬夜も…………喜んでいるか？」

「…………うん。こんなに綺麗な桜を見たのは初めてだよ」

僕がそう言うと、冬夜も大きくうなずいた。

ネンドンが触れた桜の木は、他の木の倍以上、花が咲いているように見えた。視界の全てに広がる桜の花を眺めていると、自分の体が宙に浮かんで、その花の中に吸い込まれていくような感覚になる。

「これで…………ネンドンを好きになってくれる人間、増えるか？」

「あ…………」

ネンドンの言葉に、僕は我に返った。

周囲を見回すが僕と冬夜と夕芽さん以外の人はいない。閉城が近いため、もう出口に向かっているのだろう。

「今は僕たちしかいないから…………」

「…………そうか」

ネンドンは少し寂しそうに視線を地面に落とした。

「でも…………いい。夕芽と瑞樹と冬夜が喜んでくれた…………から。それで…………ネンドン、嬉しい」

「ネンドン…………」

自分の声が震えているのがわかった。せっかく、ネンドンがこんな綺麗な桜の花を咲かせてくれたのに、僕たち以外には誰もいないなんて。もし、この光景を見たら、多くの人がネンドンの存在を認めてくれたのに…………。

「夕芽…………」

ネンドンが丸い目を夕芽さんに向けた。

「ネンドン…………楽しかった」

「楽し…………かった？」

「夕芽と暮らせて…………ネンドン、幸せだった」

「な、何言ってるの？　突然」

夕芽さんの頬が痙攣するように動いた。

「そんな言い方、しないでよ。まるで、お別れするみたいじゃん」

「…………」

「ネンドン？」

「サヨナラ……夕芽」

それは突然だった。桜の木の根元にいたネンドンの姿が、すっと消えた。

「え……？」

夕芽さんがふらふらと桜の木に近づいた。

「ネンドン……ダメだよ。そんなこと言って、消えたら、もう二度と会えないみたいじゃん。ネンドン、出て来てよ」

夕芽さんは強張った顔で笑いながら、ネンドンの名を呼び続ける。

「ほら、ネンドン。瑞樹君と冬夜君も心配してるから」

「とにかく、姿を見せて。私の声、聞こえているよね？」

「ネンドン……ネンドンってば……」

夕芽さんは木の根元で手を動かしながら、僕を見上げた。

「瑞樹君、私、ネンドンの姿が視えなくなっちゃって。瑞樹君は視えてる？」

「……僕にも視えないよ」

「そっか。じゃあ、冬夜君は？」

「僕にも視えん」

冬夜が苦痛に耐えるような声を出した。

「しょうがないなぁー」

夕芽さんは持っていたトートバッグから抹茶チョコを取り出した。

「ほら、ネンドンの大好きな抹茶のチョコだよ。これ、高いやつなんだからね。こんな綺麗な桜を見せてくれたお礼に、いっぱいあげるよ」

「ネンドン…………抹茶チョコだって。好きでしょ」

「もしかして、冬夜君のお店の抹茶サブレのほうがよかった？　あれも美味しかったからね。そうだ！　明日、食べに行こうか？　オーナーが冬夜君だから、きっと、ナリソコナイでも特別に入れてもらえるって」

「ネンドンってば…………」

夕芽さんが何度声をかけても、ネンドンは返事をしなかった。

それでも、夕芽さんはネンドンの名を呼び続けた。

僕はこぶしを固くして、夕芽さんに近づいた。

「…………夕芽さん。ネンドンはもうこの世にいないと思う」

「…………ん？」

「ネンドンは、もういないんだよ」

「…………」

「夕芽さん……」

「…………やっぱり、そう…………だよね」

夕芽さんは頭をかきながら、立ち上がった。

「こんな消え方したこと、なかったからなぁー。ははっ」

彼女の口から乾いた笑い声が漏れた。

「…………ねぇ、瑞樹君。ネンドンっていい子だと思わない？」

「もちろん、そう思うよ」

「だよね。ネンドンって優しいし、ウソをつかないし、素直だしさー。絶対に人間の友達より、純粋だと思うんだよね」

「…………そうかもしれないね」

「ネンドンは最高の友達なんだよ。でも…………」

夕芽さんの唇が小刻みに震えた。

「さっきのお別れの仕方って、ひどいと思わない？」

「ひどい？」

「うん。だって、急に消えるなんてありえないよ。あんなんじゃ、私、何も言えなかったじゃん。自分だけは、ちゃんとお別れの言葉を…………言ってさ」

ぽたりと夕芽さんの涙が落ちて地面を濡《ぬ》らした。

「こんなの…………こんな別れ方ないよ。この抹茶チョコだって、本当に高かったんだから！」

突然、夕芽さんは地面に両手と両膝をついた。

「ネンドンのバカっ！　どうして消えちゃうの！　神様にするって頑張ってたのに。瑞樹君と冬夜君も手伝ってくれたのに。ここで消えたら意味ないじゃん！」

「夕芽さん…………」

「うっ…………ぐうっ…………」

夕芽さんの慟哭《どうこく》が僕の心を締めつける。

「今は泣かせとけばええ」

冬夜に腕を引っ張られて、僕は夕芽さんから離れた。肩を震わせて泣いている夕芽さんを見つめながら、冬夜は溜めていた息を吐き出す。

「どんな言葉でも、今の夕芽を慰《なぐさ》めることはできんやろ」

「そう…………だよね」

僕は唇を強く噛み締めた。夕芽さんにとってネンドンは家族みたいなものだ。その家族がこの世からいなくなったんだから、悲しいのは当たり前だ。

「すまんな、瑞樹」

「ネンドンがこの世からいなくなったことを夕芽に伝えてくれたことや。本当は、俺の役目やった。お前より夕芽とのつき合いは長いからな」

「…………いや、ネンドンと友達になったのは僕のほうが先だから」

ネンドンの姿が脳裏に浮かび上がる。まん丸の目に頭の上の双葉、粘土で作られたような体で歩き回っている姿が…………。

一枚の桜の花びらがひらひらと僕の足元に落ちた。

「ネンドン……ありがとう。この景色を僕は一生忘れないよ」

僕は満開の桜を見上げながら、ネンドンへの感謝の言葉を口にした。

数日後の朝、教室の窓から散っていく校庭の桜を眺めていると、大和君の声が聞こえてきた。

「おーいっ、瑞樹ーっ！　風子たちから話を聞いたぞ」

大和君は僕の肩に手を回して、にひひと笑う。

「お前、公園でデートしてたらしいじゃないか」

「あ…………見られてたのか」

「おっ、認めるんだな」

「デートじゃないけどね。いっしょに公園にいただけだよ」

　僕はちらりと夕芽さんの席を見る。夕芽さんはまだ学校に来ていないようだ。ネンドンがいなくなってから、夕芽さんは落ち込んでいた。教室でクラスメイトの女子と喋っている時も笑顔に陰りがあった。それは仕方のないことだろう。早く、いつもの夕芽さんに戻ってくれればいいな。

　大和君が目を三日月の形にして、僕の腕を突く。

「本当かなぁ？　俺を騙《だま》そうとしてないか？　風子がいい雰囲気だったって言ってたぞ」

「そりゃあ、クラスメイトだし、悪い雰囲気にはならないよ。でも、恋愛感情とは違うからさ」

「とか言っといて、そのうち恋人同士になってるんじゃないか？」

「…………ないと思うよ。そりゃ、可能性はゼロじゃないけど」

「はぁ？　ゼロじゃない？」

　大和君が驚いた顔で、僕を見つめる。

「お前………冬夜と恋人になる可能性があるってことか？」

「えっ？　冬夜の話だったの？」

「あ、ああ。お前と冬夜が公園でいい雰囲気だったたって話だよ。冗談で言ってたんだけど、そうか………。まあ、男同士で恋人になるのも今の時代なら問題ないよな」

「いやいやいや。僕と冬夜が恋人同士になる可能性はゼロでいいよ」

僕はぶんぶんと首を左右に振る。

「というか、いい雰囲気なんて出してないから。それに、その時は夕芽さんもいたんだよ」

「なんだ、三人だったのか。まあ、風子たちは美形の男同士が並んでいると、それ以外は見えなくなる体質だからな」

「そんな体質………あるんだ？」

がっくりと肩が落ちる。てっきり、僕と夕芽さんのことだと思っていた。

その時、ドアが開いて、夕芽さんが教室に駆け込んできた。

「瑞樹君、ちょっといいかな」

僕は夕芽さんに腕を引っ張られて、廊下に連れ出された。

「どうしたの？　夕芽さん」

「これ見て！」

夕芽さんは僕にスマートフォンの液晶画面を見せた。そこには夕芽さんが造った祠が表示されている。

「これって夕芽さんが庭に造ってた祠だよね？　これがどうかしたの？」

「祠じゃなくて、その前の地面だよ」

「地面………？」

僕は夕芽さんが持っているスマートフォンに顔を近づける。よく見ると、祠の前の地面に鮮やかな緑色の双葉が生えていた。

ネンドンの頭の上に生えていた双葉とまったく同じ形の双葉が………。

「これ………ネンドンの………」

「そうなの！」

夕芽さんは興奮した様子で、液晶画面の中の双葉を指差す。

「これって、ネンドンの生まれ変わりだと思うんだ。冬夜君が言ってたでしょ。人に慕われたナリソコナイが生まれ変わって、神様になったって」

「じゃあ、これがネンドン………」

「きっと、そうだよ。前の時のようにちゃんと世話すれば、また………」

「どうやろな」

いつの間にか、冬夜が僕の隣にいた。冬夜は液晶画面を覗き込みながら、片方の眉だけを吊り上げる。

「たしかにネンドンの葉っぱと似とるけど、ただの雑草かもしれん」

「冬夜……………」

僕は冬夜の腕を肘で突く。

「あんまり期待せんほうがええってことや。仮にこの葉っぱがネンドンの生まれ変わりだとしても、前のように歩き回ったり、喋ったりするようになるんは時間がかかるやろうな」

「それでもいいよ」

そう言って、夕芽さんは双葉の画像が表示されたスマートフォンを胸に抱く。

「一年でも二年でも、何十年でも、私は待てるから」

「それだけの覚悟があるなら、問題ないか」

切れ長の目を細くして、冬夜は微笑んだ。


その双葉が本当にネンドンかどうか、僕にはわからない。夕芽さんは信じているみたいだけど、ただの雑草の可能性だってある。

でも、たとえ、そうだったとしても夕芽さんは待ち続けるだろう。ネンドンが彼女の前にまた現れることを。

僕はネンドンと再会する夕芽さんの姿を想像する。

満面の笑みでネンドンに駆け寄る夕芽さん。

ネンドンは口を三日月の形にして両手を上げている。そして、ネンドンを夕芽さんが抱き上げて……………。

その時は僕もネンドンに会いに行こう。

僕が下ごしらえをした抹茶サブレを持って。

第三話　八つ橋

稲荷《いなり》駅を降りると、すぐに巨大な鳥居が見えてきた。その鳥居は鮮やかな赤色で、左右の柱は大人が三人並べる程の太さがあった。僕は口を半開きにして視線を上げる。赤色の鳥居を引き立てるように広がっている四月の青空が、いつもよりも美しく感じる。

その光景を眺めながら、僕は鳥居をくぐり抜けようとした。

「おいっ、瑞樹」

背後から僕を呼ぶ声が聞こえてきた。声の主はわかっている。いっしょに電車に乗って、ここに来たんだから。

神代冬夜——僕と同じ十六歳の高校生で、バイト先である甘露堂のオーナーだ。

カーキ色の無地のTシャツに薄手のカーディガン、ジーンズの組み合わせは平凡だ。でも、足が長くてすらりとした体型の冬夜が着ると、雑誌に載っているモデルのように見える。電車の中でも二十歳ぐらいの女の人たちが、うっとりとした目で冬夜を眺めていたし。

きっと、冬夜を大学生か社会人だと思っているんだろうな。背が低くて中学生に間違えられる僕とは正反対の外見だ。

冬夜は僕の腕を引っ張って参道の端に移動した。

「お前、鳥居の真ん中を歩こうとしてたやろ」

「ダメなの？」

「……………ダメに決まっとるやろ。鳥居をくぐる時は端を歩くんや。真ん中は神さんの通り道やからな」

「へーっ、そんなルールがあったんだ」

「常識やと思うぞ」

冬夜が冷たい視線を僕に向ける。

「うっ…………冬夜は神社が多い京都生まれだから、常識だと思っているだけだよ。東京じゃ、知らない人のほうが多いはずだし」

「そうか？　最近は外国人の観光客も端を歩いとるけど」

「…………冬夜って、本当に冷たいよね」

「冷たい？」

「だって、リュックも冬夜の物なのに僕に背負わせるし」

「お前なら、百キロの重さのリュックでも余裕やろ？」

「たしかに重さは問題ないけど…………」

僕は首を動かして、自分が背負っている大きなリュックを見る。リュックはぱんぱんに膨らんでいて、十キロ以上ありそうだ。一体何が入っているんだろう？

「まあ、ハイキング気分で楽しいやろ。それに、お前はお稲荷さんに来たことなかったんやろ？」

「うん。有名なところは西本願寺と二条城ぐらいかな」

参道を歩きながら、僕はうなずく。

「でも、なんで伏見稲荷大社に僕を誘ったの？」

「稲荷神社の総本山やし、ここの景観は見とくべきや。ご利益もあるしな」

「何のご利益？」

「商売繁盛と五穀豊穣《ごこくほうじょう》や」

「僕には関係ないような………」

「他にも学業成就のご利益もある。お前、この前の数学のテスト、いまいちやったやろ」

「三角関数が苦手なんだよ」

「はぁ？　三角関数は簡単やろ」

「そりゃあ、『神様の恩恵』で知力がアップしている冬夜なら楽勝だろうけどさ」

頬を膨らませて真っ赤な楼門をくぐり抜ける。その先にあった本殿も鮮やかで綺麗だった。多くの観光客がデジタルカメラやスマートフォンで美しい本殿の写真を撮っている。神社って、もっと地味なイメージがあったけどここは違うな。鳥居も門も本殿も赤く塗られていて派手だ。それなのに落ち着いた雰囲気があるのは、やっぱり神聖な場所だからなのかな。

さらに先に進むと、参道が二つに分かれていて、数十センチ間隔で朱色の鳥居が何百基も立ち並んでいた。まるで鳥居を合わせ鏡で見ているようだ。

「すごいね…………トンネルみたいだ」

「これが千本鳥居や」

「千基もあるんだ…………」

「人がくぐれるものだけで三千基以上ある。正確な数字は神主さんもわからんようや」

「はぁ…………」

思わず、ため息が漏れた。なんで、こんなに鳥居が建てられているのかわからないけど、この光景はたしかにすごい。異世界に紛れ込んでしまったような気分になる。

僕たちは鳥居が続く参道を歩き続けた。どうやら、山頂の一ノ峰まで、一時間半以上かかるようだ。鳥居が並ぶ階段を登っていると、突然、冬夜が階段の端から山の中に入っていった。

「冬夜、どこに行くんだよ？　そっちに道なんてないだろ」

「こっちでええんよ」

冬夜は樹木の間を縫うようにして、進んでいく。

「一ノ峰に行くんじゃなかったのか……」

僕は慌てて冬夜の後を追った。

山の中を歩き続けると、ひらけた場所に出た。そこには木が生えておらず、太陽の光が地面に届いていた。その中央に小さな祠がある。祠は赤く塗られていて、石で造られた台の上に建てられていた。よく見ると、祠の後ろの斜面が崩れていて、岩と泥が祠の一部を壊していた。

「こんな、道もないところに祠があるんだ？」

「知っとる者は少ないけどな」

冬夜は僕が背負っていたリュックを叩いた。

「さて、始めるか」

「始めるって、何を？」

「見たらわかるやろ。壊れた祠の修理や。知り合いが困ってるって常連の神さんに頼まれてな」

冬夜はリュックを開いて、中から木材と金槌《かなづち》、小さなノコギリ、折りたたみ式のシャベルを取り出した。

「そんなものが入ってたんだ」

「まあな。ってことで、お前は祠の周りの石と土の処理を頼む。僕が祠の修理をするから」

「わかった…………って、これが僕を連れて来た目的？」

「ばれたか」

冬夜はぺろりと舌を出す。

「まあ、いい景色も見れたし、これぐらいええやろ。それに『神さんの恩恵』で力が強うなっとる瑞樹でないと、でかい岩をどかすんが大変なんや」

「…………ちゃんとバイト料出してくれる？」

「せちがらいこと言うなぁー」

「誰かさんに借金を返済するのが大変なんだよ」

僕は文句を言いながら祠の後ろに移動する。祠の土台が岩と泥で大量に覆われていた。たしかに、この岩は普通の人間には動かせないだろう。百キロ以上はありそうだし。

周囲の土を払って、両手を岩の側面に密着させる。腰を落として力を入れると、米俵ぐらいの大きさの岩が持ち上がった。

冬夜が感嘆の声をあげる。

「やっぱりお前を連れて来て正解やったな。こんなことができる人間はおらんし」

「重量挙げの選手なら持ち上げられると思うよ」

「無理やろな。バーベルは持ち上げやすい形をしとるけど、その岩は違う。単純に重さの問題だけやない」

「そうか…………」

自分が持ち上げている岩を見つめる。

「どうしたんや？　変な顔して」

「…………いや、自分が人間以外の何かに変わったような気がして」

「変なこと考えるんやな」

冬夜が呆れた顔で僕を見る。

「お前が人外なら、僕かてそうや。『神さんの恩恵』を受けとる武雄さんや雛子さんもな」

「それは…………そうだけど」

「それにお前が何者だろうと、僕はかまへんな」

「気にならないの？」

「ああ。普段から人間だけじゃなくて、神さんとのつき合いもあるしな。俺はお前が神さんだろうが、ナリソコナイだろうが、同じようにつき合うと思うぞ」

その言葉は僕の心を軽くしたような気がした。

「どんな力を持ってても、僕は僕か…………」

「力があるほうが僕は助かるけどな」

冬夜はにっと笑って、僕が持っている岩を指差した。


僕は近くの窪地に岩を運び、崩れていた斜面を折りたたみ式のシャベルで整えた。やっぱり力が強いと作業は速く進む。

その間に冬夜は壊れた祠の修理をしていた。側面の割れた羽目板を取り外し、寸法を合わせた木材をはめ込んでいる。

「冬夜、斜面のほうは終わったよ」

「こっちも終わりや」

冬夜は修理した祠を見て、満足げにうなずく。

「あとはお供え物やな」

「それも持って来てるんだ？」

「滅多に来ない場所やからな」

そう言って、冬夜はリュックからプラスチック製の容器を取り出した。蓋を開けると、シナモンの香りが漂ってきた。中には三角形の半透明のお菓子が入っていた。

「八つ橋か…………。武雄さんに作ってもらったの？」

「ああ。持ち運びやすい甘味やからな」

冬夜は祠の前に白い紙を敷いて、その上に八つ橋を置いた。背筋をすっと伸ばして、深く頭を二回下げる。両手が合わさり、パンパンと音がした。最後にもう一度おじぎをして、僕のほうを振り向く。

「じゃあ、僕たちも食うか」

「えっ？　ここで？」

「林の中で甘味を食うのもおつなもんやで。リュックの中にレジャーシートと熱いお茶が入った水筒が入っとるから。あ、おしぼりもあるから、使うとええ」

「そんなものまで入れてたんだ」

僕はリュックの中からレジャーシートと水筒を取り出す。

「どうりで重いと思った」

「荷物の量を気にせんでええからな。ほんと助かるわ」

「…………まあ、武雄さんの八つ橋が食べられるならいいか」

おしぼりで手を拭いて、八つ橋を手に取る。半透明の皮の中にあんこが入っているのが見えた。

僕は八つ橋を口にする。もちもちとした皮と甘さを控えめにした粒あんの組み合わせが絶妙だ。シナモンの香りが苦手な人もいるけど、この香りも八つ橋の美味さを出す要素の一つだよな。

二つ目の八つ橋に手を伸ばそうとした時、祠の前に背丈が数十センチのお爺さんがいるのが見えた。お爺さんは髪の毛も眉も白く、濃い灰色の着物を着ている。

このお爺さんは、もしかして…………。

隣に座っていた冬夜が立ち上がり、僕の肩を叩いた。

「この祠の神さんや」

「あ…………」

慌てて僕も立ち上がる。こんな小さな姿の神様もいるのか。

お爺さんは僕たちに深くおじぎをして、すっと姿を消した。

「あ…………いなくなった」

「珍しいな」

冬夜がぼそりとつぶやいた。

「珍しいって？」

「この祠の神さんは、人間の前に姿を見せることがほとんどないんよ」

「そうなんだ？」

「祠の修理をした僕たちに感謝してくれたんやろな。頭下げとったし」

「それならよかった。神様に喜んでもらえたのなら、岩を運んだかいがあったよ」

「これで、また、別の『神さんの恩恵』を受けられるかもしれんな」

「いやっ、それはもういいから」

祠の神様に聞こえるように僕は大きな声を出した。

稲荷駅に戻ると、冬夜はにこやかな顔で右手を上げた。

「じゃあ、ここで解散や」

「えっ？　いっしょに帰るんじゃないの？」

「ちょっと、別件の用事があってな。近くの取引先の社長と会うんよ」

「あ…………そうなんだ」

「とにかく、今日は助かった。次は一日中つき合ってやるからな」

「…………別につき合わなくてもいいから」

「ははっ、じゃあ、また、学校でな。あ、リュックは次のバイトの時に店に持ってきてくれればええから」

冬夜は僕の頭をぽんと叩いて、去って行った。

「はぁ………」

独りになった僕は、深いため息をついた。冬夜って強引なところがあるな。今日だって、突然、朝の六時に電話で『伏見稲荷大社に行くから、つき合え』って言ってくるし。

こっちは久しぶりにバイトがない日曜日だから、家でゆったりしようと思っていたのに。きっと、相手が誘いを断るなんて考えてもいないんだろうな。

とりあえず、適当な店でご飯でも食べるか。

その時、狐の像の前に立っている女の人が僕を見ていることに気づいた。年は二十歳ぐらいだろうか、色褪《いろあ》せたグレーのセーターに膝の部分が破けた紺色《こんいろ》のジーパンを穿いている。美人だけど、ファッションにはこだわりがないタイプみたいだな。持っているバッグも汚れているし。

女の人は胸元まで伸びた髪をなびかせて僕に歩み寄った。

「ちょっといいかな？」

「は、はい。なんですか？」

「あなた………『神様の恩恵』を受けているでしょ」

「あ………」

僕の心臓が大きく跳ねた。どうしてわかったんだ？

人前で力なんて使ってなかったのに。

「大丈夫だよ。別に脅迫しようとか考えてないから」

「………あなた、誰なんですか？」

「私の名前は小夜子《さよこ》。最近、京都に戻ってきた神様なんだ」

「神様っ？」

僕の声が大きくなった。

「神様って………でも………」

「やっぱ、神様っぽく見えないよね」

小夜子さんは恥ずかしそうに頭をかいた。

「この通り、服装はいまいちで威厳もないからなぁー。神様になって三十年の若手だし」

「本当に神様なんですか？」

「貧乏神《びんぼうがみ》だけどね」

「貧乏神………」

貧乏神って、たしか、人にとりついて貧乏にさせる神様だったような…………。

「あっ、大丈夫。大丈夫だから。貧乏神っていっても外でお喋りするぐらいじゃ、相手を貧乏にできないから」

「は…………はぁ」

「あれ？　もしかして信じてないの？　それなら、あなたの家に行って貧乏にしてあげることもできるけど」

「いやっ、しっ、信じました。信じましたから！」

僕は慌てて両手を左右に振った。ただでさえ、甘露堂の借金があるのに、これ以上、貧乏になるのはイヤだ。

「それで僕に何か用があるんですか？」

「うん。助けてもらいたいことがあって」

小夜子さんは胸元で両手を合わせて、僕に頭を下げる。今日はよく神様に頭を下げられる日だな。

「どんなことです？」

「人を捜してもらいたいの」

「人捜しなら、警察とか探偵とかに頼めば…………」

「それは無理だよ。こっちの身分も聞かれちゃうし、貧乏神がお金持ってると思う？」

「あ…………そっか」

「それであなたに声をかけたんだよ。『神様の恩恵』を受けているってことは神様に使役してるんでしょ？」

「使役というか、神様が来店する甘味処の店員なんです」

「あーっ、西本願寺と東本願寺の間にある甘味処か」

どうやら、甘露堂のことを知っているようだ。神様と関わりが深い店だからな。

「…………捜している人って誰なんですか？」

「う…………まあ、なんというか…………」

「もしかして、恋人とか？」

「いやいやいやいや。そんなんじゃない、そんなんじゃないの。第一、私は神様で、彼は人間だから」

小夜子さんが頬を赤くして、首を左右に振る。

「そりゃあ、また、会いたいって思っているからキライじゃないよ。好意も…………あると思う。でも、恋愛感情とは違うの。神様と人間は種族が違うんだから」

「種族が違うか…………」

「うん。だから、そういうんじゃなくて、好意を持っている相手ってこと」

「そんな相手と連絡が取れなくなったんですか？」

「…………前に悪いことしちゃってね」

「悪いこと？」

「ほら、私、貧乏神だからさ。ずっと、近くにいると、自分の意思に関係なく、相手を貧乏にしちゃうんだよ」

沈んだ声で小夜子さんが言った。

「その人…………翔真《しょうま》と出会ったのは、彼が高校生の時でね。公園で野宿してたら、温かいコーヒーをおごってくれたの。多分、私が家出した女子高生とでも思ったんだろうね。それから、毎日、夜に公園に来てくれて」

「それで仲良くなったんですね」

「うん。翔真って、人間のくせに私に説教するんだよね。早く家に帰れとかさー。私のほうがずっと年上なのに」

その時のことを思い出したのか、小夜子さんの口元がほころんだ。

「で、何度も公園で会うようになって、どんどん仲良くなってさ。でも、それがいけなかったんだ」

「いけなかった?」

「翔真のお父さんの会社が倒産しちゃってね。多分、私のせいだと思う」

「貧乏神の力ってことか………」

「そう。貧乏神は関わった人間の家族も不幸にするからね」

「………どうしてそんなことをするんですか?」

僕の声が険しくなった。

「その人が悪いことをしたわけじゃないんですよね?」

「それが貧乏神の体質なんだよ。自分の意思に関係なく、相手を不幸にしてしまう体質。だから、私は神様なのに嫌われているんだ」

「自分の意思に関係なく………」

「うん。好きでそんなことしているわけじゃないの」

寂しそうに小夜子さんが笑った。

「私だって、本当は人間に好かれたいよ。他の神様みたいに神棚に祀られたりしてさ。貧乏神が祀られることなんてほとんどないし。と、話がそれちゃったね。それで、私、翔真に言ったんだ。自分が貧乏神だってこと」

「翔真さんは信じたんですか?」

「最初は信じなかったけど、目の前で姿を消してみせたからね。そしたら、さすがに信じてくれたよ」

「それでどうなったんです？」

「責められる………と思ってたよ。でも、貧乏神の体質のことを話したら、しょうがないなって笑ってさ」

小夜子さんの声が微かに震える。

「………ねぇ、あなた、名前は何？」

「天野………天野瑞樹です」

「瑞樹君が翔真と同じ立場になったら、どうする？」

「同じ立場ですか？」

「うん。あなたのお父さんの会社を倒産させた相手が目の前にいるとしたら」

「………僕の両親はいないけど、もし、そうなったら、いい気持ちはしないと思います」

数秒間、考えた後、僕はそう答えた。

「だよね。誰だって貧乏神の私を恨《うら》むはず。でも、翔真は違った。私のことを責めなかったし、これからも会おうって言ってくれたんだ」

「これからも………」

「その言葉がどんなに嬉しかったかわかる？　貧乏神が聞けるような言葉じゃないの。たとえ、これから何百年生きてもね」

翔真さんの言葉を思い出したんだろう。小夜子さんの瞳が揺らいだ。

「だから、私は翔真から離れることを決めたの。こんないい人をこれ以上、不幸にさせたくないから」

「じゃあ、なんで今は翔真さんを捜しているんですか？」

「私も成長したんだよ。あの時……十年前は貧乏神の体質を抑えることができなかった。でも、今は違うの。多少のコントロールはできるようになったから」

「多少……ですか？」

「うん。東京に住んでる古参の貧乏神にいろいろ教えてもらってさ。いっしょに暮らすのはできないけど、たまに会うぐらいならなんとかなるかなって」

小夜子さんはぐっと親指を立てて、白い歯を見せた。

「ってことで、翔真の家に行ってみたんだけどね。引っ越しして誰も住んでなかったの。だから困っててさ」

「それで僕に……」

「私たちには『神様の恩恵』を受けている人間がわかるからね。頼むなら、神様と関わっている人間のほうがいいと思って」

「僕には無理ですよ」

僕は両手を軽く上げて、後ずさりした。

「僕が受けてる『神様の恩恵』は人捜しには使えないから」

「でも、同じ人間なんだから、いろいろ人捜しの方法を知ってるんじゃないの？　インターネットで調べるとか」

「インターネットは知っているんですね。まあ、有名人ならネットで情報が流れているかもしれないけど、一般人はなぁー。翔真さんの名字って何ですか？」

「竹本だよ。竹本翔真」

「竹本翔真さんか…………。十年前に高校生なら、二十六歳から二十八歳ぐらいか」

僕はスマートフォンでその名前を検索してみた。

「…………いや、それっぽい人はいないな。もっと情報がないと難しいですよ」

「情報かぁ…………」

「仕事をやっている人なら、会社名や店で所在がわかることもあるけど」

「あ…………それならわかるかも」

「えっ、どうしてわかるんです？　翔真さんは高校生だったんじゃ？」

「将来の夢を語ってくれたんだよ。陶芸家になりたいって」

「陶芸家………」

「うん。翔真のお爺ちゃんが陶芸家で影響を受けたって言ってたよ」

小夜子さんは僕に顔をぐっと近づける。

「これで、わかるかな？」

「お爺さんの名前はわからないですよね？　工房の名前とか」

「うーん………わからない。でも、名字を使ってるんじゃないの」

「名字なら、竹本か………」

僕は検索サイトで『竹本　陶芸』と検索してみた。すると、東本願寺の近くに『竹本工房』という名前の工房があることがわかった。このへんは甘露堂の近くか。陶芸の店があるなんて気づかなかったな。

小夜子さんが肩越しにスマートフォンの画面を覗き込む。

「あ、ここじゃないの！」

「可能性はありますね。竹本って名前はよくある名字ですけど、陶芸をやっている竹本さんは少ないかもしれない」

「じゃあ、そこに行ってみようよ。場所わかるんでしょ？」

　小夜子さんは僕の手を掴んで改札口に向かう。やっぱり、僕もつき合うことになるのか。店以外で神様と関わることになるとは思わなかった。しかも貧乏神と…………。

　こうなったら、早く翔真さんを見つけるしかないな。


『竹本工房』は一車線の細い通りにあった。木造の二階建てで、縦書きの看板が扉の横の壁に掛けられている。

「ここが竹本工房？」

「はい。でも、もう、店はやってないみたいです」

　僕は埃で白くなっている窓ガラスを指差した。窓から見える店内はがらんとしていて、黄ばんだ壁の前にテーブルとイスが積み重ねられている。

「これじゃあ、翔真さんのことは聞けないな」

「ええっ？　なんとかならないの？」

　小夜子さんが窓ガラスをこぶしでドンドンと叩く。

「そんなことをしても意味ないですよ。人もいないみたいだし。第一、ここが本当に翔真さんのお爺さんの工房とは限らないから」

「うーっ、せっかくここまで来たのに。電車賃がムダになったじゃない！」

「いや、電車賃出したの僕だから」

「あ、そうだっけ？」

がくりと肩が落ちた。

「別に恩に着せるつもりはありませんけど、忘れられると悲しいです。高校生のこづかいはそんなに多くないんですよ」

「あはは。まあ、もともと、私は姿を消せば、ただで電車に乗れるからさー。それなのに、瑞樹君が私の電車賃まで出すって言うから」

「無賃乗車の共犯になりたくなかったんです。たとえ視えなくなっていたとしても」

ため息をついて、僕は小夜子さんを見つめる。

「………本当に貧乏神の能力は抑えられているんですよね？」

「ええっ？　いまさらそんなことを気にしているの？」

小夜子さんが心外そうな顔で口元に右手を寄せる。

「電車賃の件は瑞樹君が勝手にお金を出したんだし、ちゃんとコントロールしてるって。一万円以上のお金がなくなることはないから」

「一万円以上っ？　じゃあ、一万円以下のお金がなくなることはあるんですか？」

「………まあ、それぐらいは」

小夜子さんは僕の視線から目をそらす。

「これでもすごく修業したんだから。一万円以下なら笑って許せるレベルでしょ」

「僕にとっては大金ですよ」

「その可能性があるだけで絶対にお金がなくなるわけじゃないって。まあ、安心してよ。そう簡単にお金がなくなるような出来事なんて起こらないからさ」

その時、争うような声が背後から聞こえてきた。振り返ると、古いアパートの駐車場の前に、五、六人の男が集まっているのが見えた。その中にクラスメイトの大和君と秋雄君がいることに気づく。

「あれ？　なんでこんなところに大和君たちがいるんだろう」

僕は早足で駐車場に向かった。

「だからぁ、金をくれって言ってるんじゃないんだ」

大和君たちを取り囲んでいる男の声が聞こえてきた。

「貸してくれるだけでいい。ちゃんと返すからさ」

「いや、無理だって！」

大和君が強張った顔で、両手を軽く上げる。

「俺たち、人に金貸せるほど持ってないから」

「でも、少しは持ってるんだろ？　こっちは困ってるんだよ。ダチが財布落としちゃってさ。帰る電車賃もないんだ」

「それならあんたが金を貸してやればいいじゃないか」

「俺も財布を落としたんだよ。こいつらも全員な」

そう言って男は唇を歪めるようにして笑う。男の年齢は十八歳ぐらいだろうか、身長は冬夜と同じぐらいで百八十センチはありそうだ。

「わかってると思うが犯罪行為じゃないからな。俺は金を貸してくれってお前たちに頼んでいるだけだから」

「どうせ返す気なんかないくせに」

「はぁっ！」

男は短く舌打ちをして、太い眉を吊り上げた。

「俺が信用できないって言うのか。ざけんなよっ！」

「おいっ、アキラ。もう、いいんじゃね。めんどくさくなってきたよ」

隣にいた迷彩服を着た男が面倒くさそうに頭をかいた。

「さっさとぶん殴って、財布とっちまおうぜ」

「ヒロシ………だから、お前はダメなんだよ。こんな街中で変なこと言うなって。俺たちは平和的にお願いをしてるんだからな」

男が大和君の肩を軽く撫《な》でた。

「ごめんな。こいつ頭悪くてさ。ダメな奴なんだよ。この前もケンカしてサラリーマンの歯を折っちゃってさ」

「ひっ………」

秋雄君が蒼白な顔で両肩を震わせた。秋雄君は僕と同じぐらいの身長で色白の肌をしている。たしか、美術部で運動は苦手だったはずだ。僕はクラスメイトの二人に声をかけた。

「大和君、秋雄君」

「あっ、瑞樹!」

ぱっと明るくなった大和君の顔が、すぐに焦りの表情に変化する。

「ば、バカっ! お前、こんなところに来てどうすんだよ。状況わかるだろ?」

「うん。この人たちに絡まれているんだよね」

「おいおい。そこの美少年」

アキラと呼ばれていた男が僕に視線を向けた。

「勘違いしてもらっちゃー困るな。俺たちは金を貸してもらおうと思っているだけだよ。なんならお前でもいいぞ」

「いくら借りたいんですか？」

「おっ、話がわかるな。まあ、一万円ってところかな」

「一万円………」

僕は視線を路地に向ける。路地の前で小夜子さんが両手を合わせて頭を下げていた。どうやら姿を消して、他の人に視えなくなっているようだ。

それにしても一万円か。これは小夜子さんの体質のせいなのか、偶然なのかわからないな。絡まれていたのは大和君たちだし。

「で、美少年君は一万円持ってるかな？」

「いや、五千円ぐらいだし、それも貸す気はありません」

僕はきっぱりと言った。

「………へぇ、お前、中坊のくせにすげぇな」

「僕は高校生です」

「あーっ、そりゃすまねぇな。中坊にしか見えなかったから」

アキラがゆっくりと僕に歩み寄った。

「あのな、俺たちだって無茶なことはしたくねーんだわ。そっちは三人だし、こっちは五人だ。わかるよな？」

「やっぱりカツアゲじゃないか」

「そうじゃねーけど、もし、そうなら、お前らヤバイんじゃねえか？　大ケガしたら治療費は一万円じゃすまねーぞ」

「ケガ…………するかな」

「…………はぁ？」

男たちはぽかんと口を開けた。僕の言葉の意味を理解するのに時間がかかっているようだ。まるで時間が止まったかのように動きを止めている。

十数秒後、その時間が動き出した。

「…………お前、正気か？」

アキラがかくりと首を曲げて、針のように細くなった目で僕を見下ろす。

「俺は高校まで空手をやってたんだ。退学して学校といっしょに止めちまったけどな」

「空手か…………」

「そうだ。段を持ってるわけじゃねえが、中坊みたいな高校生の骨を折るぐらいなら、楽勝だからな」

「み、瑞樹…………」

大和君が僕に声をかけた。

「もう、いいよ。こいつら、マジでやばそうだし、俺が金出すから」

「大丈夫だって、大和君。五人ぐらいなら僕だけでなんとかなるから」

「お前………」

アキラのこめかみに血管が浮いた。

「アキラ、どいてろ！」

ヒロシがアキラを押しのけて、僕の前に立った。微かにタバコの臭いが漂ってくる。この人、未成年っぽいけどいいのかな。って、カツアゲをするような連中なら、そんなこと気にしないか。

ヒロシは銀色の指輪を何個もはめた手をこぶしの形に変えた。

「可哀想にな。せっかくモテそうな顔してるのに」

突然、ヒロシが僕に殴りかかってきた。銀色の指輪をはめたこぶしが僕の顔面に迫ってくる。あ、この指輪って武器にもなるのか。それではめていたんだな。

僕は首だけを動かしてそのパンチを避けた。

「あぁ？」

絶対にパンチが当たると思っていたんだろう。ヒロシが目を丸くして僕を見つめる。

それは周りの男たちも同じだった。両目を大きく開いて僕を凝視している。

「………なるほど。避けるのが上手いってことか」

ヒロシが唇の端を吊り上げた。

「お前、わかってねぇな」

「わかってない？」

「ああ。ケンカはパンチだけじゃねぇってことだ！」

ヒロシは右手を僕の胸元に伸ばした。その手首を僕は左手で掴んだ。僅かに力を入れるとヒロシの顔が苦痛に歪んだ。

「があああっ、くっ！」

僕はすぐに手を離す。

「いっ………な、なんだよ、お前っ！」

ヒロシは右の手首を左手で押さえながら僕を睨みつける。

「ありえねぇぞ………こんなの」

「どうしたんだよ？　ヒロシ」

男たちがヒロシに駆け寄る。

「お前、何やってんの？　こんな中坊みたいなガキに」

「大げさに痛がりすぎやて」

「ギャグのつもりか？」

「いや、こいつ………変だぞ」

ヒロシが僕を指差して声を震わせる。

「細い腕してるくせに、めちゃくちゃ力あるんだよ！」

「はぁ？　ウソだろ」

アキラは眉をぴくりと動かして、僕に視線を向ける。

「お前……格闘技か何かやってんのか？」

「いや、帰宅部だよ」

僕がそう言うと同時に、アキラが何かを持った手で僕のお腹を狙ってきた。人差し指と中指の間に細長い金属が見える。あれは鍵か………。やっぱり、この人たちはケンカ慣れしている。『神様の恩恵』を受けてなかったら大ケガしてたな。

僕は力とスピードを調整して、アキラのこぶしに向かって、右手を振り下ろした。パンと音がして、アキラが持っていた鍵が地面に落ちる。

「あ………」

アキラが呆然とした顔で地面に落ちた鍵を見つめる。

「そんな、バカな………」

「あのー、もう、いいんじゃないかな。あなたたちが僕に勝てないのはわかりましたよね」

「………ふ、ふざけんなよっ！」

アキラはぶるぶるとこぶしを震わせた。

「この程度で俺たちが引くと思ってんのか。おいっ、全員でこいつをやるぞ」

「お、おうっ！」

男たちが僕を取り囲んだ。その表情は怒りと緊張が入り混じっている。この状況はちょっとまずいかもしれない。全員で飛びかかられても力で押し返せると思うけど、ケガさせるのはなぁ。

「もう止めたほうがええよ」

路地から聞き覚えのある声がした。全員の視線が、声がしたほうを向く。そこには冬夜が立っていた。

「冬夜っ！」

大和君と秋雄君が同時に冬夜の名前を呼んだ。

「冬夜、こいつらが………」

「わかっとる」

冬夜は切れ長の目を細くして、アキラに視線を向ける。

「あんたがリーダーやね」

「………お前、こいつらの知り合いか？」

「クラスメイトや。それより早く逃げたほうがええよ。警察に連絡しといたから」

「それがどうした。警察が来るまで時間はあるぞ。お前らをぼこぼこにして逃げればいいだけだ」

「そんなことしたらまずいやろ。警察に捕まるし」

「捕まるか、アホっ！　お前らは俺たちの名前も知らねーだろうがっ！」

「アホはお前や。さっき、名前で呼びあってたやろ。アキラとかヒロシとか」

切れ長の冬夜の目がさらに細くなる。

「それに僕が知っとるんは名前だけやないよ」

「はぁ？　他に俺たちの何を知ってるんだ？」

「さっき、若宮《わかみや》通で路上駐車しとるバイクを五台見つけたわ。あんたらの人数とちょうど同じやな」

その言葉にアキラの頬がぴくりと反応した。

「………俺たちのバイクじゃねえよ。それにな、仮に俺たちのだったとしても、それがどうした？　どこにでもあるようなバイクで何がわかるってんだ？」

「京都、ち、四七…………京都、ゆ、五五…………京都…………」

「あ………」

「そのバイクのナンバーや。五台、全部暗記しとる」

整った冬夜の唇の端が吊り上がる。

「僕たちがケガさせられたら、そのナンバー、警察に伝えとくわ。まあ、あんたらのバイクでないんなら、こんなことしても意味ないけどな」

「ぐっ………」

「で、どうするんや？ あんたらケンカ強そうやけど、あいつも強いのわかったやろ」

冬夜が僕を指差した。

「少しでも手間取ったら、警察がここに来た時に乱闘中になっとると思うよ。その時、どっちの証言を警察は信じるんやろな。普通の高校生の僕たちか、前科がありそうなあんたたちか」

「…………」

「考えてる時間あるかな。警察に連絡してから、そろそろ三分は経っとるやろ。七条《しちじょう》の交番からなら走って来れる距離やし」

「……お前、顔覚えたからな」

アキラが冬夜の顔を睨みつけた後、鋭い視線を僕に向ける。

「お前もだ。このままじゃ終わらねぇぞ」

「こっちは二度と会いたくないよ」

「ちっ………行くぞ」

アキラは僕たちに背を向けて走り出した。その後に他の男たちも続く。

よかった。これであの人たちをケガさせずにすんだ。冬夜のおかげだな。

「助かったよ、冬夜」

僕は冬夜に駆け寄った。

「でも、どうしてここに？　取引先の社長と会うんじゃ」

「話し合いが早く終わってな。店に戻るところで女の神さんから声かけられたんや」

冬夜が僕の耳元で囁《ささや》く。どうやら小夜子さんが冬夜に助けを求めたみたいだ。

「まさかお前たちが絡まれとるとは思わんかった」

「瑞樹っ、冬夜ぁーっ！」

大和君が両手を広げて僕と冬夜に抱きついてきた。

「マジ、助かったぞ。腕の一本は折られると覚悟してたから」

「なんでこんなところにいたの？」

「駅前でカードゲームの大会やってたんだよ。それに秋雄と参加しててさ、その後に適当なところで飯でも食おうとぶらついてたら、あいつらに捕まったんだよ」

「ありがとう、瑞樹君、冬夜君」

秋雄君が丁寧にお礼を言った。

「君たちのおかげでお金取られなくてすんだよ」

「うん。みんなケガがなくてよかったね」

「つーかさー、お前、強いんだな」

大和君が僕の顔をまじまじと見つめる。

「足が速いのは知ってたけど、力が強いのは知らなかったぞ」

「あ、い、いや。最近、家でトレーニングしてたせいかな。あははっ」

僕はぎこちない顔で笑った。


大和君たちと別れて、僕と冬夜と小夜子さんは甘露堂に移動した。神様用の店内で、僕は小夜子さんといっしょにお客様用のイスに座った。

「いやぁー、初めて甘露堂に来たけど、この八つ橋、最高だね」

小夜子さんは八つ橋を頬ばりながら、温かい抹茶をすする。

「京都の和菓子といったら、八つ橋だよね。シナモンの香りと抹茶がまた合うんだよなぁー。これを食べると京都に戻ってきたって感じるよね。あ、八つ橋、もう一セット追加ね」

「よく、食べますね」

「いやぁー、神様はずっと食べなくても餓死《がし》することはないけどさ。味覚はちゃんとあるし、食欲もあるんだよね。だから、こんなお店があるのは助かるなあ。しかも無料で食べていいって最高だよ」

「食べるよりも、さっきの話を冬夜にしたらどうですか？　冬夜なら、僕と違って、ずっと京都に住んでいるから翔真さんのことがわかるかも」

「んむっ…………そう…………だね」

小夜子さんは八つ橋を食べながら、翔真さんの話をした。

「…………竹本工房さんは三年前に店を閉めましたね」

話を聞き終えた冬夜は結んでいた唇を動かした。

「もう、年やったし、陶芸は体力いるから」

「その人って陶芸をやってるお孫さんがいないかな？」

「孫がいるのは聞いたことあります。でも、陶芸をやってるかどうかはわかりません」

「うーん…………わかんないかー」

小夜子さんはがっくりと肩を落とす。

「あそこが翔真のお爺さんのお店だったら、すぐに居場所がわかったはずなのに」

「小夜子さん」

「何？　瑞樹君」

「翔真さんの写真は持ってないんですか？　顔がわかれば、捜すのが楽になるんですけど」

「写真はないなぁー。でも………」

小夜子さんは足元に置いていたバッグから、茶碗を取り出した。その茶碗は濃い青色で、口縁《こうえん》が揺らめく波のようにうねっていた。底の部分が平面でないのか、僅かに傾きがある。

「これ………翔真が私のために作ってくれた茶碗なんだ」

うっとりとした瞳で、小夜子さんはテーブルに置いた茶碗を見つめる。

「この深い青色が私のイメージなんだって。寂しそうで暗い感じで………って」

「寂しそう………ですか？」

「十年前はね………。あの頃は私も精神的につらい時期でさ。ほら、貧乏神って嫌われることが多いから」

「………生きるためにお金が必要ですからね。人間は」

「うん。どうして私は貧乏神なんだろうって、考え込んじゃってね。そりゃあ、暗くもなるって」

寂しげな表情で小夜子さんは笑う。

「あ…………でも、今は明るくなったと思わない？　貧乏神っぽくないでしょ？」

「え、ええ。まあ…………」

僕は言葉を濁した。たしかに明るさがあって貧乏神のイメージとは違う。そもそも神様っぽくないしなぁー。

「うん…………なかなか、ええ色、出とるね」

冬夜が目を細くして青い茶碗に顔を近づける。

「深い青と斑紋《はんもん》で夜空の星をイメージしとるみたいやな。形はもう一歩やけど、いい茶碗やと思います」

「でしょーっ！　これを高校生の翔真が作ったんだよ。絶対に才能あるって！」

「まあ、これだけのもんを作れるんなら、陶芸の道に進んでもおかしくないでしょうね。んんっ？」

喋っていた冬夜の眉がぴくりと動いた。小夜子さんの茶碗を手に取り、うなるような声を出す。

「どうかしたの？　冬夜」

「いや、この落款《らっかん》がな………」

「落款？」

僕は視線を茶碗に向ける。冬夜が持っている茶碗の底の部分に『翔』と落款が刻まれている。

「あーっ、名前が翔真だから『翔』の文字を刻んだんだろうね」

「その文字に見覚えがあるんや。ほら、この文字の『羽』の部分が不自然に大きくなっとるやろ」

「うん。わざと文字を崩しているんだろうね」

「それに似た落款が刻まれた茶碗があったんや」

「えっ、ほんと？」

小夜子さんがテーブルから身を乗り出す。

「どこでっ？　どこで見たの？」

「落ち着いてください、小夜子さん。正確にはまったく同じ文字じゃないんです」

「同じ文字じゃない？」

「ええ。もっと文字が太かったし、くっきりと刻まれてましたね」

「じゃあ、翔真とは関係ないのかな」

「いや。同一人物が作った物でも、落款が違うことはあるでしょう。それに、この茶碗は翔真さんが高校生の頃に作った物でしょうから、落款も適当かと」

冬夜は茶碗に刻まれた落款の文字に人差し指で触れる。

「『翔』の『羽』の部分を大きくするところは同じやから、同一人物の可能性は高いと思います」

「冬夜、どこでその茶碗を見たの？」

「だから、今、それを思い出そうとしとるんや」

冬夜はまぶたを閉じて、眉を中央に寄せる。

「…………見た場所は、去年の五条坂《ごじょうざか》の陶器まつりやな」

「陶器まつり？」

「ああ。五条坂は清水焼《きよみずやき》の発祥の地で、毎年、夏に陶器を売る出店が四百店近く通りに並ぶんよ」

「四百店っ？」

「有名な祭りやからな。客も掘り出し物を求めて、全国から集まってくるし」

「そこに翔真さんも出店してたってことは、どこかにお店を出しているってことだよね？」

「それはわからん。陶器まつりには、陶芸家を目指す人たちが店を出すこともあるから」

「それじゃあ、そこで見た茶碗が翔真さんの作品だとしても、店がない可能性もあるのか」

落款の文字が似ているってことは、そのお祭りに翔真さんが参加していたかもしれない。でも、出店じゃ特定はできないはずだし、どうしようもないってことか。

「…………あの出店は大和大路《やまとおおじ》通の郵便局の近くやったな。木製の棚の上に茶碗と皿を置いていて、若い男が着物で店番しとった。鶴の絵が描かれた扇子《せんす》を持っとったな」

「えっ？　扇子の絵柄まで覚えているの？」

「覚えていたんやない。頭の中のアルバムを確認したんや。前に話した直観像記憶でな」

冬夜はまぶたをすっと開いた。

「去年の陶器まつりの映像を記憶したアルバムが頭の中にある感じやな。そのアルバムを開いて、確認したんよ」

「じゃあ、他の出店のことも覚えているんだ…………」

「目で見た店はな」

「はぁ…………」

僕の口から、ため息のような声が漏れる。冬夜が『神様の恩恵』を受けていて、直観像記憶があることは知っていたけど、そんなすごいことができるのか。

「その人…………翔真だと思う」

小夜子さんが震える声で言った。

「翔真は鳥が好きだったから」

「自分の名前に羽があるからですか？」

「すごい。そんなこともわかるんだ……」

「そっちは推理ですけどね」

冬夜ははねた髪の毛をかきあげながら、茶碗の落款に視線を移す。

「『羽』の字にこだわりがあるのなら、鳥が好きなんは予想できますよ。だから、羽の部分を大きくしとるんやろし」

「やっぱり、翔真は陶芸の道に進んでいたんだね」

「僕が陶器まつりの関係者に話を聞いてきますよ。翔真さんの可能性がある出店の位置も覚えているから」

「やっと翔真に会えるんだ……」

小夜子さんは冬夜から茶碗を受け取り、頬ずりする。神様にとって人間は恋愛対象とは違うみたいな言い方をしてたけど本当なのかな？　小夜子さんの表情と仕草は恋愛をしている女の子にしか見えないなぁ。

その時、店の奥から雛子さんが顔を出した。

「冬夜君、ちょっとええかな」

「ん？　何ですか？　雛子さん」

「実はレジのお金が合わなくて」

「お金が合わない？」

「うん。今日はお客さん少なかったんやけど、なぜか一万円足りないんよ。おつりを間違うはずないのに」

僕と冬夜の視線が小夜子さんに向かう。

「あ…………あはは っ！」

小夜子さんはぺろりと舌を出して自分の頭を叩いた。

「これは、きっと私のせいだよね。いやぁ、まいったまいった」

「まいったのはこっちですよ」

冬夜ががっくりと肩を落とした。


店を出ると、既に太陽が沈んでいて周囲の建物から黄白色の灯りが漏れていた。

「今日はありがとう、瑞樹君」

小夜子さんが僕に向かって、丁寧に頭を下げた。

「瑞樹君のおかげで翔真が見つかるかもしれない」

「僕の力というより、冬夜の記憶力のおかげですよ」

「もちろん、冬夜君のおかげでもあるけど、瑞樹君が繋げてくれた縁だからね。ちゃんと翔真に会えたら、お礼はするから。五百円ぐらいなら、なんとかなると思うし」

「お礼なんていいですよ。もう『神様の恩恵』を受けているから」

僕は苦笑して自分の手を見つめる。こんな力、必要ないと思っていた。でも、今日は役に立ってくれたな。僕の本当の力じゃ、あの人たちにボコボコにされているだろうし。

僕の隣を歩きながら、小夜子さんは視線を夜空に向ける。

「十年ぶりか…………。ちゃんと陶芸家になっているといいな」

「僕は陶芸のことなんて何もわからないけど、あの茶碗の青色は綺麗だと思いましたよ。この夜空みたいに」

「翔真は心が綺麗だから、あんな色が出せると思うんだよね」

「心が綺麗か…………」

「うんっ！　一度、二人で嵐山に遊びに行った時もさ、駅前でやってた募金活動を見て、何も考えずに千円札を募金箱に入れちゃったんだよ。それで帰りの電車賃がなくなってね。二人で何時間も歩いて帰ったよ。ほんとバカなんだから」

その時のことを思い出しているんだろう。小夜子さんの頬が緩んでいる。

「あの時、残ったお金で八つ橋を一つ買ったんだ」

「一つ……………ですか？」

「一つしか買えなかったんだよ。それを半分こにして食べたんだよね。あの時の八つ橋は本当に美味しかったよ。中に入ってるあんこが黄色でさ」

「黄色ってことは、芋《いも》あんでしょうね」

「うん。さっき甘露堂で食べた粒あんも美味しかったけどね」

「翔真さんと食べたから、より美味しく感じたんだと思いますよ」

僕は自分の考えを小夜子さんに伝えた。

「独りで食べるより、好きな相手といっしょに食べたほうが美味しくなりますから」

「好きな相手って…………私と翔真は神様と人間で…………」

「恋愛的なものじゃなくてもですよ。家族や友達と食事をするのも楽しいし」

「…………翔真もそう思ってるといいな」

「きっと翔真さんも美味しいと思ったんじゃないかな。小夜子さんと食べた八つ橋が」

「…………そっか。もし、そうだったのなら本当に嬉しいな」

小夜子さんは翔真さんの作った茶碗が入ったバッグを胸元でぎゅっと抱き締めた。

「それじゃあ、今日はありがとう」

バス停の前で、小夜子さんが僕に頭を下げた。

「この後、どこに行くんですか？」

「うーん……人気のない公園で野宿かな。面倒な時は姿を消せばいいし」

「寒くないんですか？　もうすぐ五月ですけど、まだ、夜は寒いですよね？」

「寒さは感じるけど、もう慣れたしね。これが日常だから。と、そんな暗い顔にならなくていいって。自然の中で暮らしている神様も多いんだから」

「でも、小夜子さんは人の家に住みたいと思っているんじゃないんですか？」

僕の質問に小夜子さんの表情が陰る。

「……昔はそう思っていたよ。でも、今は違うかな。これ以上、人間が悲しむ姿を見たくないしさ」

「悲しむ姿……ですか？」

「うん。人間の家に住み着くと、やっぱり、その家が貧乏になっちゃうんだよね。そして、仲が良かった家庭が壊れちゃう。温かくて心地良かった空間が自分のせいで消えてしまうの。それを見るのはつらいよ」

周囲から漏れる灯りが小夜子さんの寂しげな表情を照らしている。

「だから、私は二度と人間の家に住まない。そう決めているんだ」

「………僕の家に来ませんか？」

「えっ？　瑞樹君の家？」

「はい。姉と二人でマンションに住んでいるんです。姉には神様って話さずにバイト先の知り合いってことにすればいいかなって」

「………私は貧乏神なんだよ。それなのに家に誘うんだ？」

「一日ぐらいなら大丈夫かなと思って。それに、今は一万円以内に損害を抑えることもできるんでしょ？　それなら………」

「ううん。瑞樹君の家には行かないよ」

小夜子さんはきっぱりと言った。

「事情を知らないお姉さんに迷惑をかけるわけにはいかないからね」

「そう………ですか」

「そう言ってくれただけでも嬉しいよ。そんな優しい言葉をかけられたのは、今まで翔真だけだったから」

小夜子さんが僕の手を握った。細くて白い手は普通の人間より冷たい気がした。

「ありがとう。本当に感謝してる」

何度も僕にお礼を言って、小夜子さんは去って行った。


「貧乏神か…………」

バス停のベンチに腰をかけて、僕は重い声を漏らした。

甘露堂で働き始めて、この世に神様がいることを知った。神様はいっぱいいて、山や川、動物や物も神様になるみたいだ。そして、名前だけは知っていた貧乏神も存在したんだな。

小夜子さんは自分の意思で人間を貧乏にしているわけじゃない。そんな体質がある神様なんだ。もし、小夜子さんが人間を嫌いだったら、自分の体質に悩むことはなかったはずだ。人間を好きだから、翔真さんを好きだから、あんなに寂しそうな顔をする時があるんだろうな。

「神様もいろいろ大変なんだな…………」

いつの間にか、目の前にバスが停まっていた。運転手がバスの中から僕の姿を見ている。

僕は重い腰を上げて家に向かうバスに乗り込んだ。


火曜日の放課後、隣の席の冬夜が声をかけてきた。

「瑞樹、今から時間あるか？」

「んっ？　どうしたの？」

「『翔』の落款を押してる工房がわかったんや」

冬夜はスマートフォンの画面を確認しながら、そう言った。陶器まつりの関係者からメールが来たんだろう。

「小夜子さんに連絡する前に、一応、確認しとこうと思ってな」

「それなら僕も行くよ。小夜子さんに頼まれたのは僕だし」

僕は大急ぎでカバンに教科書を詰め込んだ。


その工房は八坂《やさか》の塔の近くにあった。木造の二階建てで、扉の前には白い暖簾が掛けられている。その暖簾には羽の部分を大きくした『翔』の文字が書かれてあった。

店の中に入ると、中央の大きなテーブルが目に入った。その上には、茶碗や皿等の多くの陶器が展示されている。濃い茶色で統一された店内は落ち着いた雰囲気があって、鮮やかな陶器を引き立てていた。

「あ………おいでやす」

店の奥から作務衣姿の若い男の人が出て来た。身長は僕より高くて、冬夜より低い。年齢は二十代後半ぐらいで髪を短く切っていた。

「なにかお探しですか？」

「すみません。客やないんです」

冬夜が頭を下げて、男の人に歩み寄る。

「あなたがこの店のオーナーさんですか？」

「あ、ああ。それが何か？」

「竹本……翔真さん？」

「えっ？　なんで俺の名前を？」

翔真さんは目を丸くする。

「君たちとは初対面のはずや」

「はい。僕たちが会ったのは初めてですけど、共通の知人がいるんです」

「共通の知人？」

「……小夜子さんです」

「あ……」

翔真さんの頬が微かに上下した。

「小夜子……」

「知ってますよね？　小夜子さんが何者かを………」

「じゃあ、君たちも知ってるんか？　あいつが貧乏神ってこと」

「はい。この前の日曜日に会いましたから」

「会った？　小夜子が京都にいるんか………」

「小夜子さんはあなたに会いたがっていますよ」

冬夜の言葉に翔真さんの表情が強張った。

「俺に………」

「明日にでも小夜子さんをここに連れて来ますよ」

「止めてくれっ！」

静かな店内に翔真さんの声が響いた。

「止めて？」

僕は結んでいた唇を開いた。

「どういう意味です？　翔真さんと小夜子さんは友達なんですよね？」

「十年前の話や。小夜子と仲がよかったんは………」

力のない声が翔真さんの口から漏れる。

「あの頃は俺も高校生で、世間のことを何も知らんかった。だから、小夜子ともつき合っていけると思っとった」

「今は違うってことですか？」

「…………ああ」

翔真さんは強い意志を示すように大きくうなずいた。

「小夜子のせいで親父の会社は潰れた。その時は、あまり気にせんかったよ。親父もすぐに違う会社に就職できたしな。でも、給料が少なくなって、生活が厳しくなった。そうなると家庭も上手くいかなくなる。結局、親父とお袋は離婚したよ」

「離婚…………」

「もちろん、それは小夜子のせいじゃない。小夜子は俺の側からいなくなってたからな。だけど、原因を作ったのが小夜子なのも間違いないんや」

「小夜子さんを恨んでいるってことですか？」

僕の質問に翔真さんは首を左右に振った。

「…………いや。十年前のことやし、小夜子を恨む気持ちはない」

「それなら会ってもいいんじゃないですか？　小夜子さんの体質はだいぶ改善されたんです。会うぐらいで、すごく貧乏になるなんてことはないと思いますよ」

「それを、保証できるんか？　もし、大きな損害があった時に、君が補償してくれるんか？」

「それは………」

言葉を続けることができずに僕は口ごもる。翔真さんが息を吐き出す音が聞こえた。

「………この店は、今年、開店したばかりなんや。やっと売り物になる器を作れるようになってな」

「陶芸家になる夢を叶えたんですね」

「なるだけなら難しくないしな。それで食ってくことが大変なんや。俺の爺さんも陶芸家で資金繰りにはいつも苦労しとった」

「東本願寺の近くの竹本工房ですか？」

「それも知っとるんやな。爺さんは引退して、老人ホームで暮らしとるよ」

翔真さんはテーブルの上に置いてあった茶碗を手に取る。

「爺さんにはまだまだ及ばへんけど、俺の器も人気が出始めて、やっと店が黒字になったんや」

「だから小夜子さんに会えないってことですか？」

「その通りや。この状況で貧乏神と関わろうとする奴なんて誰もおらんよ。それに……」

「あっ、いらっしゃいませ」

店の奥から、若い女の人が姿を見せた。淡いパステルグリーンのカーディガンを着ていて、髪の毛を後ろに束ねている。

「妻の広恵《ひろえ》や」

翔真さんが低い声で言った。

「広恵とは四年前に結婚したんや。子供もおる」

「あれ？　お客様じゃないのかな？」

「違うよ。気にせんでええ」

「そう？　じゃあ、何か用事があったら呼んでね」

広恵さんは僕たちに会釈して、店の奥に消えた。

「これで俺が小夜子と会えない訳がわかったやろ？」

茶碗を持っていた翔真さんの手が微かに震えた。

「俺は自分だけやなく、妻と子供も守らんとあかんのや。そんな俺に、まだ、小夜子と会えって言うんか？　貧乏神と関わりを持てって言うんか？」

「それは………」

僕は何も言い返すことができずに唇を強く噛んだ。

翔真さんの気持ちは理解できる。店を開店したばかりで今が正念場なんだろう。そんな時期に貧乏神の小夜子さんと関わりを持ちたくないってことか。

それに今は奥さんと子供もいるんだから。

「帰ろうや、瑞樹」

僕の肩を冬夜が軽く叩いた。

「翔真さん、突然、お邪魔してすみませんでした」

「…………いや」

翔真さんは自分自身を落ち着かせるように深呼吸をした。

「小夜子さんには僕が伝えておきます。翔真さんが会いたくないって言っていることを」

「それでええ。それで…………」

そう言った翔真さんの顔はロウソクのように白くなっていた。


店を出ると同時に冬夜のため息が聞こえてきた。

「悪い予想があたったな…………」

「予想って…………こうなるって思ってたの？」

「その可能性はあると思っとった」

冬夜は淡々とした口調で言った。

「誰だって貧乏になるのはイヤやろ？」

「だけど、翔真さんは小夜子さんが貧乏神だとわかっても会おうとしてたんだよ？　小夜子さんがそう言ってたよね？」

「それは高校生の頃の話や。今の翔真さんは社会人で金を稼がんとならん立場や。しかも、奥さんと子供までいるんならな」

「わかってるよ。それでも会うぐらいならいいじゃないか。小夜子さんだって、いっしょに住みたいなんて考えてないんだし」

このことを知った小夜子さんがどんなに悲しむかを想像して、握り締めたこぶしが硬くなった。

「それでも貧乏神と関わるんは怖いんやろ。責任のある大人は特にな」

「…………責任か」

「人間が生きていくためには、金は絶対に必要なものやしな。食べ物も住む場所も手に入れるには金がいる。それが必要ないなんて人間はほとんどおらんよ」

「…………小夜子さん、悲しむだろうな」

「慣れているから大丈夫…………とは思えんな。小夜子さんにとって、翔真さんは特別な人間やろし」

「…………うん」

僕たちは重い足取りで甘露堂に向かった。

閉店時間と同時に、神様用の入り口から小夜子さんが店に入ってきた。

「こんばんは。瑞樹君、冬夜君」

「あ………」

小夜子さんの顔を見て、自分の表情が硬くなったのがわかった。

「おこしやす、小夜子さん」

冬夜がいつもより低い声で小夜子さんに挨拶をした。

「小夜子さん………翔真さんの居場所がわかりました」

「えっ？　ほっ、ほんと？」

小夜子さんの瞳がぱっと輝いた。

「じゃあ、陶器まつりに出店してた人がやっぱり翔真だったのね」

「………ええ。でも」

「んんっ？　でも？」

「翔真さんは小夜子さんと会いたくないって言ってます」

「え………？」

小夜子さんの笑顔が固まった。

「会いたく…………ない？」

「…………はい」

冬夜は痛みに耐えるように、まぶたを一度、強く閉じた。

「翔真さんは八坂の塔の近くに陶芸の店を出していました。今年、開店したばかりだそうです。それと翔真さんは結婚していました」

「結婚…………」

「ええ。お子さんもいるようです」

「あ…………そ、そう。そっか…………は、ははっ」

乾いた笑い声が店内に響いた。

「そういや、翔真も二十代後半なんだよね。人間なら、結婚しててもおかしくないか。それに子供もいるんだ」

蒼白な顔で笑っている小夜子さんの姿が痛々しかった。

「それならしょうがないよね。奥さんとお子さんがいるのに貧乏神に会うわけにはいかないか」

「小夜子さん…………」

僕は小夜子さんに声をかけた。

「もう一度、僕が翔真さんに話してみます。せめて、一度、会うぐらいなら…………」

「いいよ。瑞樹君」

小夜子さんがゆっくりと首を左右に振る。

「無理に翔真と会っても意味がないし」

「でも…………」

「いいんだよ。もともと私が間違ってたんだから」

「間違ってた？」

「うん。高校生の頃の翔真の言葉を信じてさ、また、会ってくれるなんてバカなことを考えて…………。大人になったら、そんな気持ちなんてなくなるよね」

「…………小夜子さん」

「そんなにつらそうな顔しないでよ、瑞樹君」

小夜子さんは笑いながら僕の肩に触れた。

「こんなことは何度もあったの」

「何度も？」

「そう。貧乏神にとっては日常茶飯事ってこと」

「でも、翔真さんは特別な人じゃ？」

「………特別ってわけじゃないよ。そりゃあ、好意はあったけどさ。十年前には仲良くしてたんだし。でも、私は神様で翔真は人間だからね。生きる年数だって、何百年も違うから」

近くのイスに腰をかけて、小夜子さんは背伸びをする。

「まあ、これで心置きなく旅ができるよ」

「旅？　京都から出るんですか？」

「うん。今、決めたよ。やっぱり貧乏神が同じ地域に長く住むのは………ね」

「こんな結末でいいんですか？」

僕の問いかけに、小夜子さんは首を縦に動かした。

「貧乏神が人間に嫌われるのは当たり前のことだから。今回もそうだっただけ」

「………」

「だからぁー、そんなに暗い顔になんなくていいって。瑞樹君は気にしすぎだよ。あ、そうだ。せっかく甘露堂に来たんだから八つ橋食べようかな。いいよね？　冬夜君」

「……ええ。すぐに準備します」

冬夜は硬い表情のまま、厨房に向かった。

「ねぇ………瑞樹君。翔真の店を教えてくれるかな？」

「えっ？　店をですか？」

「うん。せっかくだから、旅に出る前に顔だけは見ておこうと思ってね。会うんじゃなくて遠くから見るだけ」

小夜子さんはテーブルの上で両手の指を合わせた。

「そう。見るだけならいいよね。見るだけなら………」

自分に言い聞かせるように、小夜子さんは何度も同じ言葉をつぶやいた。


土曜日の早朝、僕は甘露堂の厨房に顔を出した。

「おっ、どうしたんだ？」

キッチンの前で小豆を煮ていた武雄さんが、僕を見て驚いた顔をした。

「お前………今日は休むんじゃなかったのか？」

「はい。店は休むつもりですけど武雄さんにお願いがあって………」

「お願い？」

「八つ橋の作り方を教えて欲しいんです」

僕は武雄さんに向かって深く頭を下げた。

「今日、小夜子さんが京都を出て行くから、渡したくて……」

「小夜子さんって……貧乏神のか？」

「はい。小夜子さんは八つ橋が好きだから」

「……そんな事情なら教えてやるよ。ちょうど小豆も煮てたしな」

「いえ。よかったら、芋あんで作りたいんです」

「芋あん？」

「はい。小夜子さんは芋あんの八つ橋が好きなんです」

「芋あんか……」

武雄さんは太い腕を組んだ。

「難しいですか？」

「すぐに作るのはな。グラニュー糖や水飴の量の調整も時間がかかる。だが、試作品ってことならなんとかなるだろう。上手くできたら、それこそ店に出してもいいしな」

「あ、ありがとうございます」

「礼なんかいいから、さっさとサツマイモを剥《む》け！」

武雄さんはサツマイモが入った発泡スチロールの箱を指差した。

僕は武雄さんの指示に従って、芋あんを作り始めた。剥いたサツマイモを輪切りにした後、水につけてあく抜きした。その後、蒸したサツマイモを潰して、グラニュー糖と塩、そして水飴を入れた。

僕が芋あんを練っている間に武雄さんが皮の部分を作ってくれた。白玉粉で作った生地がみるみる広がっていく光景は魔法のように見える。

やっぱり武雄さんの技術はすごいな。正確で繊細で速い。それは『神様の恩恵』の力だけじゃない。長年、武雄さんが修業した成果なんだろう。

多くのお客様が笑顔になるお菓子を作るために。

小夜子さんも笑顔になってくれるといいな…………。

僕は力を加減しながら、芋あんを練り続けた。

「あそこが翔真さんの店です」

僕は十数メートル先にある翔真さんの店を指差した。

「あれが……翔真の…………」

小夜子さんは瞳を潤ませて、翔真さんの店を眺める。

「もっと近くに行きましょうか？」

僕の隣にいた冬夜が小夜子さんに言った。

「ここじゃあ、翔真さんの姿は見えにくいと思いますよ」

「そ、そうだね」

小夜子さんは緊張した様子で歩き出す。数メートル程進むと、窓ガラスの向こう側で人影が動いた。

「あ………」

小夜子さんの足が止まった。その視線の先に翔真さんがいた。翔真さんは真剣な表情でテーブルに茶碗を並べている。

「翔真…………」

小夜子さんは祈るように両手を合わせて、翔真さんを見つめた。

「………高校生の頃とは違うな。大人の顔してる。体重もちょっと増えているかな。あ、でも、目は昔と変わらないか」

「小夜子さん」

僕は小夜子さんに声をかけた。

「やっぱり、翔真さんと会ってみませんか？　店に入るのがまずいのなら、僕が呼んできますよ」

僕の言葉に小夜子さんは無言になった。長い沈黙の後、彼女は首を左右に動かした。

「ううん。ここから見てるだけでいい。それでいいの」

「………そうですか」

小夜子さんの決意は変わらないだろう。これでいいのかわからないけど、それが二人の決めたことなら、仕方がないのかもしれない。

僕は小夜子さんの隣に立って、店に視線を向ける。翔真さんは何度も茶碗を置く場所を変えていた。少しでもお客様の目に留まるようにしているのか。

「店の経営は大変やからな」

僕の心を読んだかのように冬夜が言った。

「翔真さんは陶器を作って、売ることもやっとる。それだけ必死なんやろな。家族を養うために」

「家族か………」

小夜子さんと会わない選択をした翔真さんを冷たいと思っていた。でも、そうじゃないんだ。人間社会で暮らすため、家族を守るために貧乏神の小夜子さんと関わりを持ちたくないって考えるのは当然なんだから。

もし、小夜子さんが貧乏神でなかったら、翔真さんは会っていたんじゃないかな。十年前の話をしながら、いっしょに笑って………。

「あれ？　あなたたち……」

女の人の声が聞こえてきて、僕は振り返った。声の主は翔真さんの奥さんの広恵さんだった。広恵さんは三歳ぐらいの女の子の手を握っている。

「この前、うちのお店に来た子よね」

「あ……こ、こんにちは」

僕は広恵さんに頭を下げる。

「もしかして、うちの旦那に会いに来たの？」

「い、いえ。今日は違うんです」

「そうなんだ。まあ、この辺に用事があったら、いつでも店に来てよ。いい器が揃っているからね」

そう言って、広恵さんはウインクした。

「あの……」

小夜子さんが広恵さんに声をかけた。

「かわいいお子さんですね。何歳ですか？」

「もうすぐ三歳になるの」

　広恵さんが目を細くして、女の子の頭を撫でる。

「お転婆《てんば》で食いしん坊で大変なのよ」

「食いしん坊じゃないもん！」

　女の子がぷっと頬を膨らませる。

「あれぇ？　昨日、おやつのプリンをパパの分まで食べたのは誰だったかなー？」

「あ、あれは………知らないおじさんが食べたんだもん！」

「あはは。もう、小夜子ったら」

「えっ！」

　僕は驚きの声を上げた。

「お子さんの名前って、小夜子なんですか？」

「そうよ。小さな夜の子供で小夜子。古風だけどいい名前でしょ」

　広恵さんは視線を小夜子ちゃんに向ける。

「実はこの名前、うちの旦那がつけたのよ。昔、仲良くしてた神様の名前だって」

「神様の名前………」

「ええ。ばればれのウソついちゃってさ」

「ウソ、ですか？」

「神様なんているわけないでしょ。本当は元カノの名前をつけたのよ」

　くすくすと笑いながら、広恵さんは翔真さんの店を見る。

「最初は反対したのよね。だって失礼でしょ。好きだった女の名前をつけるなんてさ。でも、もう、会うことがない人だし、本当に神様だからって必死でさー。まあ、旦那にとって大切な女だったんでしょうね。土下座までして私に頼むんだから」

「大切な女って、翔真さんが言ったんですね」

「うん。そこまで必死だと許しちゃうよね。それに十年前の話みたいだし、今は私にぞっこんだから。男って、そんなところがあるのよね。昔の女を忘れられないみたいな。って、若いあなたたちには早い話だったかな」

　広恵さんは目の前にいる小夜子さんを二十歳ぐらいだと思っているんだろう。

　小夜子さんが小刻みに震えていた唇を動かした。

「…………素敵な旦那さんみたいですね」

「うーん、どうかなぁ？　私と娘を養うために頑張っているのはたしかだけど。なかなか、儲《もう》からないのよねぇ」

「大丈夫ですよ」

「大丈夫？」

「はい。翔真さんが焼いた茶碗を見たことがあるんです。すごく綺麗な青色で………あんな器が作れるのなら、きっと、店は繁盛します！」

瞳を潤ませて、小夜子さんはきっぱりと言った。


「今日はありがとう」

清水道のバス停の前で、小夜子さんが僕と冬夜に頭を下げた。

「瑞樹君と冬夜君のおかげで心残りもなくなったよ」

「本当に翔真さんと会わなくてよかったんですか？」

僕の質問に、小夜子さんはしっかりとうなずいた。

「翔真の成長した顔が見れたし、満足だよ。それに子供の名前のこともね」

「小夜子さんの名前を子供につけていたことですね」

「うん。バカなことするよね」

「バカなことですか？」

「神様なんて、普通の人間が信じるはずないでしょ。広恵さんも言ってたけど、昔の彼女の名前と思われるのは当たり前じゃん。それなのに広恵さんに土下座までして、私の名前を子供につけるなんて………」

口元に手を寄せて、小夜子さんはくすくすと笑う。

「広恵さんもいい人だよね。結局、子供の名前を小夜子にしたんだから」

「翔真さんが必死に頼んだからですね」

「ほんと、バカなんだから………」

「でも、そんなところが翔真さんの魅力じゃないですか？　僕は最初、翔真さんを冷たい人だと思っていたけど、そうじゃなかったんですね。十年間、ずっと、小夜子さんのことを想っていたから、大切な子供に小夜子さんの名前をつけたんでしょう」

「………もう、瑞樹君ったら。泣かせないでよ」

小夜子さんは目のふちに溜まった涙を拭った。

「それじゃあ、ここでお別れね」

小夜子さんは視線を冬夜に移す。

「冬夜君、今度、京都に戻ってくる時は、完璧に体質改善しておくから。また、店に寄らせてね」

「はい。楽しみに待ってます」

いつもの落ち着いた声で冬夜が言った。

「そうそう。瑞樹が餞別《せんべつ》を用意してますから」

「餞別？」

「あ、ちょっと待ってください」

僕は背負っていたリュックから紙袋を取り出した。その中に入っていたプラスチックの容器を小夜子さんに渡す。

「武雄さんに手伝ってもらって作った八つ橋です」

「八つ橋………」

小夜子さんは容器の蓋を開いた。

「この八つ橋………あんこが黄色だ」

「芋あんって、芋あん入りの八つ橋ですから」

「特別に作ったんです。甘露堂の八つ橋は粒あんだったよね？」

「う、うん」

震える手で小夜子さんは八つ橋を手に取った。

「………今、一つだけ食べていいかな？」

「いいと思いますよ。今なら周りに人もいないし」

「じゃあ、一つだけ………」

小夜子さんは黄色のあんが見える八つ橋を指でつまんだ。それをゆっくりと頬ばる。

「…………んんっ、この味だよ、この味。私と翔真が半分こして食べた八つ橋の味だ。甘過ぎなくて、口の中で溶けるような…………」

ぽろぽろと小夜子さんの目から涙が零れ落ちた。

「あの時は楽しかったなぁー。夜にずっと歩き続けて…………翔真といろんなこと、話して…………」

「小夜子さん…………」

「大丈夫、これは嬉し涙だから」

小夜子さんは涙を流しながら、僕に笑顔を見せた。

小夜子さんと別れた後、僕は冬夜といっしょに京都駅から甘露堂に向かっていた。傾いた夕陽が周囲の街並みを暖色に変えている。

「小夜子さんが喜んでくれてよかったな」

冬夜の言葉に、僕はうなずく。

「武雄さんのおかげだよ。武雄さんが芋あんの味を調整してくれたから、あんなに美味しい八つ橋ができたんだ」

「味だけやないやろ。翔真さんとの思い出があったから、より美味しく感じたんやろな」

「思い出か…………」

涙を流しながら、八つ橋を食べていた小夜子さんの姿が脳裏に浮かぶ。泣かせちゃったけど、喜んでくれたのならよかったのかな。

「やっと、見つけたぞ」

突然、誰かが僕の肩を掴んだ。

「あ…………」

肩を掴んだ男の顔に見覚えがあった。前に大和君たちに絡んでいたアキラだ。その背後には仲間の男たちもいた。

「俺の顔、覚えているよな」

「アキラさん…………ですよね」

「おーっ、名前も覚えててくれたか。じゃあ、こっちの用事もわかっているな?」

「わかりませんよ」

自分の声に嫌悪感が混じる。

「あなたたちには二度と会いたくなかったのに」

「そりゃそうだろうな」

アキラたちが品のない笑い声を上げた。

「とりあえず、つきあってもらおうか。人気《ひとけ》のないところにな。あ、声は出すなよ。もし、助けを呼んだら………」

「助けなんか呼ぶか」

冬夜が吐き捨てるように言った。

「性懲《しょうこ》りもなく、また来るんか。学習せん奴らやな」

「俺たちはしつこいんだよ。一度、狙った獲物を逃がしたことはないしな。今日は一万円じゃすまないぞ」

「小夜子さんがいたほうが、まだ、マシやったか………」

「はぁ？　何、言ってる？」

「こっちの話や。さっさと行こうや」

冬夜がアキラに背を向けて歩き出す。

「おいっ、どこに行く気だよ？」

「人気のないところや。この前の駐車場でええやろ。あそこは人気が少ないしな」

「そりゃあいいな。こっちもそこに行こうと思ってたし。気が合うじゃないか」

「こっちも目立ちたくないからな」

まったく怖がっていない冬夜にアキラたちの表情が曇った。


駐車場に着くと同時に男たちが僕と冬夜を取り囲んだ。

アキラが空手ダコのある両手をこぶしの形に変えた。

「先に言っとく。俺たちはもう覚悟してるからな」

「覚悟？」

冬夜が面倒くさそうに頭をかいた。

「何の覚悟や？」

「全員、ムショに入っていい覚悟だよ。半分は少年院でいいしな。これがどういうことかわかるか？」

「僕たちがボコボコにされるってことか？」

「…………ああ。お前らの態度次第でな」

アキラの声が低くなる。

「まずは、財布を出せ。その後、土下座しろ。それで許してやる」

「それがそっちの要求か？」

「ああ。優しいだろ？　たったそれだけでいいんだ」

「…………覚悟はできてても、なるべくなら刑務所に入りたくないってことやな」

「だからって手加減してもらえるなんて、甘いこと考えるなよ」

アキラの隣にいたヒロシが準備運動のように首を回す。

「俺はお前たちが金を出さないことを願っているんだからな。そうしてくれりゃー、思う存分暴れることができる」

「…………瑞樹」

冬夜が僕の名前を呼んだ。

「本気出してええぞ。こいつら少し痛い目に遭わんと学習せんようや」

「本気って…………」

「向こうは五人やしな。手加減してお前がケガするよりマシや」

「でも、過剰防衛で自分が警察に捕まるのはイヤだな」

「この状況なら大丈夫やろ。どうせ、こいつら前科持ちや。それに入院したら、次の犠牲者も出んし」

僕はため息をついて一歩前に出る。冬夜がこんな過激なこと言うなんて。まあ、こいつら相手に礼儀正しくしても意味ないか。

「交渉決裂ってことだな」

アキラがゆっくりと僕に近づく。

「後悔するなよ。お前らが悪いんだからな」

「…………悪いのはそっちだろ」

「うるせぇっ！　死ねよ！」

アキラが僕に飛びかかってきた。同時に他の男たちも僕に襲い掛かる。その動きに躊躇《ちゅうちょ》はない。僕が大ケガをしても構わないと思っているんだろう。

アキラが突き出したこぶしを、僕は腰を捻《ひね》ってかわした。その横から、ヒロシが僕の顔を狙《ねら》って殴りかかる。右足を引いて、その攻撃を避けた。

「かあああああっ！」

目を血走らせた二人の男が左右からボクシングのジャブのようにパンチを出してくる。

そのパンチを手の平で受け止め、さらにアキラの攻撃をかわす。

「くっ、ちょこまかと動きやがって！」

ヒロシが両手を左右に広げて、僕に近づく。まずは捕まえて僕の動きを止めようと考えているみたいだ。でも『神様の恩恵』を受けている僕には、彼の動きは亀のように鈍く見える。

ヒロシのタックルを余裕でかわし、一気に距離を取った。

「おらっ！」

気合の声を上げてアキラが石を投げてきた。顔面に迫ってくる石を避けながら、僕はアキラに駆け寄り、その手首を強めに掴んだ。

「ぐあああっ！」

痛みに顔を歪めたアキラを放り投げる。アキラは近づいてきていたヒロシにぶつかり、二人は地面に転がった。

「ぼーっとしてるんじゃねぇよ！」

一人の男が冬夜に襲い掛かった。冬夜は腕を組んだまま、ただ、その場に立っている。

僕は右足で地面を蹴《け》って、一気に男との距離を詰めた。そのまま、肩から男の体にぶつかる。男の体がトラックにぶつかったかのように真横に飛んだ。

「冬夜、何、ぼーっとしてるんだよ？　危ないって」

「お前がいるからな」

いつもの落ち着いた声で冬夜は言った。

「お前の力は認めてるし、信頼もしとる。きっと僕を守ってくれると信じてたんや」

「………信じてくれるのは嬉しいけど、もう少し下がっててくれるかな」

「そうやな。でも、もう終わりやないか？」

冬夜はよろよろと立ち上がったアキラとヒロシに視線を向ける。二人は怯えと恐怖が入り混じった表情で僕を見ていた。

「お前………化け物かよ」

アキラが震える声で僕を指差した。

「こんなこと………普通の人間にやれるわけがねぇ」

アキラの言葉に僕の顔が強張る。

化け物か………。

たしかに『神様の恩恵』のことを知らない人間だったら、僕は化け物に見えるのかもしれない。

「普通の人間じゃないのはお前たちや」

僕が口を開く前に冬夜が言った。

「もし、このケンカで瑞樹が死んだら、お前たちは殺人者やで。そうならんかったことを感謝するんやな」

「くっ………ざけんなよっ！」

ヒロシが泥のついた唇を拭って、ポケットからナイフを取り出す。両足を震わせながらも、狂気の表情を浮かべて僕に近づく。

「やってやるよ。化け物だろうが、何だろうが、ナイフで突き刺しゃ、動けなくなるはずだ！」

「まだ、やる気なんか？」

「ああっ、お前らをボコボコにするまでな」

「………それならしょうがないな」

冬夜はズボンのポケットから折りたたまれた白い紙を取り出した。その紙には墨で『封』と書かれてあった。なんだろう？　あの紙は………。

僕と同じ疑問を持ったんだろう。ヒロシがナイフの刃先を白い紙に向けた。

「な、なんだ、それは？」

「すぐにわかる」

冬夜は慣れた様子で白い紙を開く。すると、その紙からピンク色の細長いものが飛び出してきた。それは蛇のような姿をしていた。ただ、普通の蛇より頭部が大きく、しっぽの部分が二つに分かれている。

「みゅっ？」

それは猫のような鳴き声を出して、つぶらな瞳で周囲を見回している。

この生き物は………ナリソコナイか。

「桜蛇《おうじゃ》…………あいつと遊んでやれ」

冬夜の言葉を理解しているのか、桜蛇と呼ばれたナリソコナイはしゅるしゅると地面を這《は》って、ヒロシの足に絡みついた。

「うわっ！　なっ、なんだ？」

ヒロシは上半身を揺らして、悲鳴のような声を上げた。

「あ、足が動かねぇ。く、くそっ！」

どうやら、ヒロシには自分の足に絡みついている桜蛇の姿が視えていないようだ。突然、自分の足が動かなくなったことでパニック状態になっている。

「おいっ、ヒロシ。どうしちまったんだよ？」

「わかんねーよ、アキラ。あ、足が動かねぇんだよ！」

「お、お前、ヒロシに何をしたんだ？」

「呪いや」

アキラの質問に冬夜が答える。

「僕の家系は代々、呪術師でな。あんたらに呪いをかけたんや」

「呪い………。ば、バカなことを言うんじゃねぇよ」

「ウソだと思うなら、あんたにもかけてもええんやで。二度と歩けなくてもええのならな」

「はぁっ？　二度と歩けない？」

ヒロシが両目を見開いた。

「ふざけんなっ！　二度と歩けないだと？　すぐにその呪いを解けっ！　解かねぇとぶっ殺すからなっ！」

「殺す…………か」

「ああっ、殺してやるよ！　その綺麗な顔をナイフで切り裂いてな」

「…………それならしょうがないな」

切れ長の冬夜の目が細くなった。

「僕も殺されるのはイヤやし、あんたら、全員、足を動けなくしたほうがよさそうや」

「はぁ？　何、言ってやがる！」

「だって、そうやろ？　呪いを解いたら、あんたら、僕たちを殺すつもりなんやから。解きたくても解くわけにはいかんよ」

「あぁ？　てめぇっ！」

ヒロシはバランスを崩して地面に横倒しになる。

「アキラっ！　こいつを殺せ！　お前は動けるんだろ？」

「あ、ああ…………」

　アキラが怯えた顔でうなずいた。

「ほーっ、美しい友情やな。呪われて二度と歩けなくなってもええから、僕を殺すってわけか」

「あ…………」

　白くなったアキラの頬がぴくりと動く。

「そ、それは…………」

「そろそろ、あんたも足が重うなっとるんやないか？」

「ひ、ひっ…………」

　アキラの両足ががくがくと震え出した。アキラの足にナリソコナイは絡みついていない。これは冬夜のブラフだ。でも、あんな言い方されたら、足が重くなって、冬夜の言葉を信じるだろうな。目の前で仲間の足が動かなくなったのを見たんだから。

「わっ、わかった。もういい。俺たちの負けだ」

「アキラっ！」

　ヒロシが上半身を起こした。

「お前、何、言ってるんだ？　俺たちの負けだと？」

「ああ。こいつらはマジでヤバイ。関わらないほうがいい。俺の足も上手く動かせねぇんだ。呪いにかかってるんだよ」

「おっ、俺の足も変だぞ。お、重いっ！」

「俺もだ。ど、どうなってるんだ」

他の男たちもアキラと同じように、足が重く感じているようだ。

「冗談じゃねぇ！　このまま、終わらせるかよ！」

ヒロシが地面に爪を立てて、吠えるように叫んだ。

冬夜がわざとらしくため息をつく。

「こっちが殺されるぐらいなら、やっぱり、全員、歩けなくしたほうがええか」

「やれるもんならやってみろっ！」

「ヒロシっ！　お前はもう喋るな！」

アキラがヒロシの頭を平手で叩いた。

「すまなかった」

アキラは冬夜の前で両手と両膝をついて額を地面にこすりつけた。

「俺たちが悪かった。もう、二度とお前たちには逆らわねぇから。そっ、そうだ。か、金もやる」

「金はいらんよ。土下座もせんでええ」

冬夜は低い声で言った。

「あんたたち、今まで、相当、悪さしてきたんやろ？ そんなことできんように歩けなくしたほうがええな」

「そ、それは…………」

アキラの額から、だらだらと汗が流れ出す。

「た、助けてくれ。もう、悪いことはしない。約束する！」

「…………本当やな？」

「あっ、ああ…………」

「それなら、呪いは解いてやる。一時的にな」

「い…………一時的？」

「そうや。約束を破ったら、呪いはまた発動して、歩けなくなるからな。信号無視やタバコのポイ捨てもせんほうがええよ」

「わっ、わかった。心を入れ替えるからっ！」

「…………一度だけ、あんたの言葉を信じることにする。一度だけや」

冬夜は持っていた白い紙をパタパタと振った。ヒロシの足に絡みついていた桜蛇が細長い胴体をうねらせて、白い紙の中に潜り込んだ。

「これで、足が動くようになったはずや」

「あ………」

アキラはゆっくりと立ち上がって、その場で足踏みをする。

「う、動くぞ。よ、よかった」

最初から足は動くはずなのに。冬夜のはったりが上手かったってことか。

「くっ、くそっ！」

ヒロシがよろよろとした動きで冬夜に近づいた。

「俺は負けてねぇぞ。お前らみたいなガキに舐《な》められてたまるか！」

「………はぁ」

冬夜が呆れた顔でため息をついた。

「一人、状況がわかってない奴がいるな」

「俺は足が動かなくなっても………」

「なんで足だけと思うんや？」

「は、はぁ？」

「こっちは足だけじゃなく、手も動かせんようにできるってことや。手も足も動かせない生活は大変やで。それでも、まだやるんか？」

その言葉にヒロシの顔が強張った。

「そ、そんなこと………」

「できないとは思わんよな。あんた自身が、さっき体験したんやから」

「………ぐっ」

「まだ、やるんならこっちも手加減はせんよ。自分と友達を守らんといかんし」

冬夜の鋭い視線がヒロシを射貫いた。

「で、どうするんや？　続けるか？」

ヒロシは何も答えることができずに冬夜から目をそらした。


「冬夜の家系って、代々、呪術師だったの？」

うす暗くなった路地を歩きながら、僕は冬夜に質問した。

「そんなわけないやろ。あれははったりや。うちの家系はずっと甘味処をやっとる」

冬夜がすました顔で答える。

「あのほうが暗示にかかりやすいしな。それに、あいつらが改心するなら、悪いウソやないやろ」

「あのナリソコナイは？」

「あれは前に如意ヶ嶽《にょいがたけ》の神さんからもらったんや。甘味の代金としてな」

「神様の贈り物か…………」

「いらんって言うたのに、勝手に置いていったんや。まあ、今回は役に立ってくれたか」

「あの人たち…………すごく落ち込んでたね」

「んっ？　お前、あいつらのこと、可哀想って思ってるんか？」

冬夜が僕の顔を覗き込む。

「いや、これから、ずっとニセの呪いを信じて生きていくと思うとさ」

「お前は本当に優しい奴やな」

冬夜の手が僕の髪の毛をくしゃくしゃにする。

「僕はええことをしたって思っとるよ。ニセの呪いを信じ続けることで、他に絡まれる者もおらんようになるし、あいつら自身のためにもな。僕たちに出会わんかったら、絶対に刑務所に入っとったやろ？　だから、あいつらは僕に感謝するべきや。真人間になるチャンスを与えてやったんやからな」

「あの人たちが真人間になれるかな？」

「そのためにあんな芝居をしたんや。あいつらを懲らしめるだけなら、お前にまかせておけばよかったしな。まあ、少し怖がらせすぎたかもな」

「…………冬夜って、本当に」

「優しいやろ」

『冷たい』と言おうとした僕の言葉を遮《さえぎ》って、冬夜は笑みの形をした唇を動かした。

第四話　新作スイーツ

「うーん、これじゃあ、ダメだなぁー」

神様用の店内で、茉莉さんがテーブルに肘をついた。

茉莉さんは甘露堂の常連客で付喪神だ。見た目は三十代の人間の女性で、鮮やかな赤色の着物を着ている。長く束ねた髪の毛に挿してある花の形をしたかんざしが本体（？）らしい。そのかんざしが、オレンジ色の照明を反射し、輝いている。

「ここの抹茶サブレは美味しくて大好物なんだけど、驚きはないのよねー」

テーブルの上に置いてある抹茶サブレを見つめながら、赤い紅が塗られた唇を動かす。

「驚きがないとまずいんですか？」

僕はほうじ茶の入った小さな茶碗を茉莉さんに差し出す。そのお茶をすすりながら、茉莉さんは首を縦に振った。

「今回はそうなの。だって、東京から私の友達が京都にやってくるんだから」

「友達って神様ですか？」

「ええ。私と同じ付喪神のね」

茉莉さんは自分の髪に挿したかんざしに触れる。

「この前、東京に行った時に知り合ったのよ。東京の美味しい店に連れて行ってもらってさ。そのお礼に、こっちも美味しいスイーツをご馳走したいってわけ」

「それなら、この抹茶サブレでもいいんじゃ…………」

「わかってないわね。私は負けたくないの」

「負けたくない？」

「そう。瑞樹君は東京のスイーツが美味しいこと、知っているよね？」

「一応、東京出身ですから」

僕がそう言うと、茉莉さんが顔をしかめた。

「ほら、東京もんの東京自慢が始まった」

「自慢って、何も言ってませんよ」

「心の中でそう思っているでしょ？　東京のほうが美味しいスイーツがあるって」

「いや、東京に住んでいた頃は、あんまりお菓子を食べに店に行くことはなかったから。情報として知っていただけですよ」

僕は頬をぴくぴくと動かして笑った。

京都に住んでいる人って、東京へのライバル心が強い人が多いな。茉莉さんは人じゃなくて神様だけど………。というか、神様って意外と好き勝手に生きている気がする。

東京に出掛けたり、こうやって甘味処に通ったり。人間と変わらないよな。

茉莉さんは首を傾けて、細い腕を組む。

「東京ってさー、いろんな国の料理が集まっているんだよね。ミラノで人気のジェラートとか、ニューヨークで有名なカップケーキとか。京スイーツもそれに負けないぐらい魅力的なことを証明したいのよ。そのためには美味しいだけじゃだめなの。桜餅やサブレや八つ橋は、どうせ食べたことがあるだろうし」

「それで驚きですか………」

「そうなの。まだ、彼女たちが食べたことがないようなスイーツがベストね」

「茉莉さん、それは難しいと思いますよ」

店の奥から淡い紫色の着物を着た冬夜が顔を出した。切れ長の目にすっと通った鼻筋、大人っぽい印象があるけど、年齢は僕と同じ十六歳だ。

冬夜は端整な唇を動かす。

「東京には京都で人気の甘味処も店を出していたはずです。だから、甘味好きの神さんなら、京スイーツも東京で食べているんじゃないですか」

「それなら創作スイーツは？」

「創作スイーツですか？」

「うん。甘露堂でも、創作スイーツをメニューに加えたらどうかな？」

茉莉さんはイスから身を乗り出して、冬夜に顔を近づける。

「そうだよ！　美味しくて、見た目も綺麗で、独創性があるスイーツを甘露堂で作るの。そうすれば私も友達に自慢できるし、この店も儲かる。ウィンウィンの関係でしょ」

「いや、創作スイーツを考えるんは難しいんです。味の問題もあるし、材料の仕入れのこともありますから」

「それなら、とりあえず試作品を作ってみてよ。それを私たちが審査してあげる」

「試作品…………ですか？」

「ええ。東京から来るスイーツ好きの神様に認められたら、人間の客にも人気が出るのは間違いなしだよ。ってことで、五月の最後の日曜日に友達連れて来るからよろしくね」

そう言って、茉莉さんはにっこりと笑った。

「茉莉さんにも困ったもんやな」

閉店後の店内に冬夜のため息が漏れた。冬夜はお客様用のイスに座っていて、その両隣には、料理人の武雄さんと接客がメインの雛子さん、そして、僕が木製のテーブルを囲んでいる。

武雄さんが太い腕を伸ばして、テーブルの上に置かれていた湯呑みを手に取った。

「で、どうするんだ？」

「神さんのお願いですからね。メニューに入れるかどうかは別にして、試作品は作ってみますか」

「だが、どんなものを作る？　茉莉さんの友達の神様は東京から来るんだろ？　東京は創作スイーツを売りにしてる店も多いからな。それ以上のものを作るのは難しそうだ」

「武雄さんなら大丈夫」

雛子さんがおっとりした声で言った。

「東京のパティシエより、武雄さんの甘味のほうが美味しいから」

「いや、東京には腕に自信があるパティシエが集まってるぞ」

「『神さんの恩恵』を受けて、味覚が鋭くなってる武雄さんには勝てへんよ」

「味のバランスは味覚が重要になるが、創作スイーツはアイデア勝負だ。そのアイデアを考えるのが難しい」

「じゃあー、それをみんなで考えるのはどうかなぁー」

雛子さんは視線を僕に向ける。

「瑞樹君はええアイデアないのぉ？」

「えっ？　僕が創作スイーツのアイデアを考えるんですか？」

「うん。瑞樹君もうちの店に来て、一ヶ月以上経っているんやし、甘味のこと、わかるようになったんじゃないん？」

「下ごしらえを手伝っているだけですから」

「でもぉ、家では小説家のお姉さんのために朝食と夕食作ってるんやろ？」

「普通の家庭料理ですよ。カレーとか生姜《しょうが》焼きとか肉じゃがとか…………」

僕は右手の指を折りながら、作った料理を口にする。

「むしろ、姉さんのほうが創作スイーツを考えられるかもしれない」

「お姉さん、料理得意なん？」

「高校生の頃によく創作料理を作ってました。紫色のシチューとか、イチゴと豚肉の炒め物とか」

「それは論外や」

冬夜が顔をしかめた。

「仮に美味《うま》くても、そんな料理をお客さんは注文せんからな。見た目が悪いし」

「オリジナリティだけじゃダメってことか」

「当然や。売り物なんやから」

「まあ、見た目と味と独創性だな」

お茶を飲み終わった武雄さんが口を開く。

「どれも良くないと、茉莉さんの友達の神様は満足しないだろう。それに京都らしさも出さないとな」

「京都らしさ……………ですか」

「ああ。東京と同じなら、あまり意味がないだろうしな」

「ってことは抹茶系かな」

「そうだな。抹茶は京スイーツによく使われている。抹茶パフェや抹茶のホットケーキ、抹茶のチョコレートも人気だ」

「うちの店でも抹茶サブレが人気ですよね」

「夏場には抹茶パフェも出すぞ。それもよく注文が入るな。男のお客様も多い」

「うーん………」

冬夜が着物の袖を揺らして、腕を組んだ。

「やっぱり抹茶系がよさそうやな。それで独創性がある甘味をみんなで考えるか」

「抹茶系で独創性があるお菓子か…………」

抹茶系のお菓子で食べたことがあるのは、抹茶サブレと抹茶のチョコレートと抹茶の羊羹《よう かん》ぐらいか。買って食べる側からすれば、あんまり気にしていなかったけど、新しいお菓子を考えるのは大変だよな。昔からある桜餅や八つ橋も、誰かが考えて、それが美味しかったから、今も食べることができるんだ。

「抹茶と組み合わせるならイチゴがええなぁー」

雛子さんが胸元で両手の指を合わせた。

「イチゴの赤と抹茶の緑がクリスマスみたいな感じで、素敵だと思うの」

「今は十二月じゃなくて五月だぞ」

武雄さんが冷静な声で雛子さんに突っ込みを入れる。

「まあ、色合いが重要なのは間違いない。となると、器も考えるべきだな。陶器にするか、木製にするか。色と形はどんなのがいいか……」

「器と並べ方は武雄さんにまかせてええやろ」

冬夜が信頼した目で武雄さんを見つめる。

「それと味の調整もな。僕たちがやるんはアイデアを出すことや。あと……瑞樹」

「ん？　何？」

「次の土曜日、つき合ってくれ。店は爺さんと婆さんに頼むから」

「つき合うってどこに？」

「宇治田原町《うじたわらちょう》や」

「何の用があるの？」

「うちで使っとる抹茶の仕入先があるんよ」

「でも、抹茶の在庫はあるんじゃ？」

僕の質問に、冬夜は「ああ」と答える。

「うちの店で使っとる抹茶はええもんやけど、せっかく東京の神さんがうちの店に来るんやからな。最高級の抹茶を使いたいんや」

「それって高いんじゃ？」

「まあな。だけど、ここは採算度外視や。最高の京スイーツでおもてなしせんとな」

整った冬夜の唇の両端が吊り上がる。

茉莉さんに頼まれて、仕方なく創作スイーツを作るみたいな言い方だったけど、冬夜も気合入っているな。やっぱり、京都の人は東京へのライバル心が強いのかもしれない。

その日の夜、マンションに戻ると、スウェット姿の姉さんが僕に抱きついてきた。

「瑞樹ぃいいいいい！」

姉さんは瞳を潤ませて、僕の顔に頬をくっつける。

「ど、どうしたの、姉さん」

「お腹が…………お腹が空いたの」

「ええっ？　僕がバイトの時は姉さんが夕食を作るって決めたじゃないか」

「新作の執筆が進まなかったのよー。明日の朝が締切なのにぃー。ううぅっ」

「それなら出前をとればよかったのに。ピザとかお寿司とか」

「瑞樹の…………瑞樹の手料理が食べたかったの。きっと執筆が進まないのも、瑞樹成分が足りないからだよ」

「それは気のせいだよ」

「気のせいじゃないよ！　瑞樹は私の恋人なんだから」

「血の繋がった弟だよ！」

僕は姉さんに突っ込みを入れる。

「じゃあ、夕食の準備は何もできてないんだね？」

「うん。そうなの」

姉さんはわざとらしく泣き真似をする。

「…………わかったよ。僕が今から作るから」

ため息をついて、僕はキッチンに向かう。小説の仕事が忙しいのなら、カップ麺でも食べていればいいのに。養ってくれるのは有り難いし感謝しているけど、少し弟離れしたほうがいいと思う。

「へぇー、創作スイーツを考えることになったんだ」

リビングで、僕の作った野菜炒めを食べながら、姉さんが口を動かした。

「でも、わざわざ東京から来るお客さんのためにそこまでやるんだね」

「まあ………ね」

姉さんには僕が神様やナリソコナイと関わっていることを伝えていない。だから、甘露堂のお客様は人間だと思っている。まあ、神様がお菓子を食べに甘味処に来るなんて、想像もできないだろう。

僕は冷たい烏龍茶《ウーロン》の入ったグラスを姉さんの前に置いた。

「東京のスイーツに負けたくないみたいだよ」

「それなら私が考えてあげるよ。創作料理は得意だから。まず、豚の血に砂糖を入れて、それに京野菜を………」

「いや。姉さんの料理は冬夜から論外って言われたよ」

「なんでよ！」

「そんな料理だと仮に美味しくてもお客様が注文しないんだって。見た目も悪いし」

「もしかして冬夜君が言ったの？」

僕がうなずくと、姉さんは短く舌打ちをした。

「私の料理を認めないなんて、感性が古いのね。やっぱり、敵ってことか………」

「どうして冬夜が姉さんの敵になるんだよ？」

「だって、冬夜君が瑞樹を甘味処のバイトに誘ったんでしょ？　それって絶対に瑞樹を狙ってるよ」

「冬夜は男だよ？」

「今の時代は男同士の恋愛もありなの。冬夜君って背が高くてイケメンの京男子なんでしょ？　そんな美少年に私の瑞樹が………あ、いや、女に取られるよりいいか」

「そんな心配しなくていいから。僕と冬夜は同じクラスで店のオーナーとバイトの関係ってだけだよ」

「本当？　冬夜君に迫られて、胸がドキっとしたことなんてない？」

「ないよ」

「すぐに否定するのが怪しいなぁー」

姉さんがイスから立ち上がって、テーブル越しに顔を近づける。

「やっぱり、冬夜君のことを意識してるんじゃ………」

「してないよっ！」

「じゃあ、誰が好きなの？」

「………今は好きな人なんていないよ」

「姉さんを愛してないって言うのっ？」

「姉さんが恋愛対象になるわけないだろ！」

疲れを感じて、僕はイスに腰を下ろした。

「そんなことを気にするより、さっさと食べて小説書きなよ」

「うっ、そうだった」

姉さんは慌てて野菜炒めに箸《はし》を伸ばす。

「………んむっ、やっぱり、瑞樹の作った料理は美味しいなぁ。塩加減を薄くしてるところに愛情を感じるのよね。まあ、瑞樹が恋愛で悩んだら、ちゃんと私に相談するんだよ。私が瑞樹にふさわしい相手かどうか判断してあげるから」

「はいはい………」

二十三歳で恋人がいない姉さんに恋愛相談しても無駄だと思うな。

僕は幸せそうに野菜炒めを食べている姉さんを見て、ため息をついた。

バスを下りて細い山道を進むと、斜面に広がる茶畑が見えた。鮮やかな黄緑色の葉が太陽の光に照らされていて、さわさわと五月の風に揺れている。さわやかな香りが僕の鼻腔に届いた。やっぱり緑が多い場所は気持ちがいいな。涼しくて、視界が広くて、空気も澄んでいる。

隣を歩いている冬夜が口を開いた。

「宇治田原町は、日本緑茶発祥の地って言われてるんや」

「だから茶畑が多いんだね」

「ああ。京都で飲まれてる宇治茶の多くはここで栽培したものや」

「抹茶を作るのも大変そうだなぁ」

「そうやな。抹茶は覆下栽培《おおいしたさいばい》で育てないとあかんから」

「覆下栽培？」

「被覆資材………黒いシートみたいなものやな。それで太陽の光を制限して栽培するんよ。そうすることで味がよくなるんや」

冬夜は視線を茶畑に向ける。

「そうやって丁寧に育てた茶葉を摘《つ》んで、蒸して乾燥させ、茶臼《ちゃうす》で挽《ひ》いて粉末状にする」

「どうして茶臼で挽くの？」

「そのほうが風味がようなって、きめ細かくなるんや。その分、手間がかかるがな」

「そんなに大変だなんて知らなかったよ」

「飲む側は、そんなこと気にせんやろしな。でも、知ってたほうが、より抹茶が美味く感じるぞ」

「そうだね。この茶畑を眺めているだけでもお茶を飲みたくなったよ」

僕は口の中で乾いた舌を動かした。


舗装されていない山道をさらに登ると、目の前に平屋建ての古い民家が見えた。玄関の前には太い柱が二本建っており、その横に薪《まき》が積み重ねられている。家の横には大きな倉庫があり、その奥には被覆資材で覆われた茶畑があった。

冬夜は民家の敷地に入って、玄関の引き戸を開いた。

「幸四郎《こうしろう》さん、います？」

十数秒後、うす暗い廊下に黒のTシャツを着た三十代ぐらいの男の人が現れた。身長は冬夜と同じぐらいで肩幅が広い。肌は小麦色で、精悍《せいかん》な顔つきをしていた。

「おう！　冬夜か」

男の人――幸四郎さんは八重歯を見せて、僕たちに歩み寄った。

「久しぶりだな。で、そっちのかわいい中学生は誰だ？」

がくりと肩が落ちた。

「僕は天野瑞樹で、冬夜の同級生です」

「あーっ、ってことは高校生か。すまん、すまん。冬夜と比べて背が低いし、なよっとした体してたから。まあ、若く見られることはいいことだぞ」

幸四郎さんは僕の肩をぽんぽんと叩く。

「で、今日はどうしたんだ？　冬夜」

「非売品の抹茶を分けてもらおうと思って」

そう言って、冬夜はにっこりと微笑んだ。


客間で、冬夜は創作スイーツを作ることになった経緯を幸四郎さんに伝えた。どうやら、幸四郎さんは神様やナリソコナイのことを知っているようだ。神様の話を冬夜がしても、表情を変えることなく、うなずいている。

「…………というわけで最高級の抹茶が欲しいんです」

冬夜が畳の上であぐらをかいたまま、幸四郎さんに頭を下げた。

「お前………あの抹茶を甘味に使うつもりか？」

幸四郎さんが呆れた顔で冬夜を見つめる。

「無茶なことを考えるな。製菓用の抹茶じゃダメなのか？」

「試作品にはこだわりたいんです。東京の神さんに食べてもらうんやから」

「だが、あれを甘味にして上手く味が出せるとは思えないがな」

「うちの店には『神さんの恩恵』を受けている武雄さんがいますから。最高級の抹茶の味を生かす甘味を作ってくれます！」

きっぱりと冬夜は断言した。

「だから、あれを安く譲ってくださいよ」

「安くは無理だな。うちで売ってる最高級の抹茶が『緑龍《りょくりゅう》』だ。その価格が百グラムで二万だが、この非売品の抹茶はその倍はする。それだけの手間がかかってるんだ」

「百グラム四万っ？」

僕の声が客間に響いた。

「抹茶って、そんなに高いんですか？」

「それだけの価値があるんだよ。俺の抹茶にはな」

幸四郎さんは立ち上がり、客間と隣接した台所に向かった。大型の冷蔵庫を開け、中から金属製の円柱型の缶を取り出す。

「これが非売品の抹茶だ」

「なんで非売品なんですか？　四万円以上の高級品なんですよね？」

「流通させるほど作れないんだよ」

幸四郎さんは大切な宝物を扱うように缶を両手で撫でた。

「厳選した最高の碾茶《てんちゃ》を俺が石臼で丁寧に挽いたんだ。口当たりも香りも極上で、これより上の抹茶はないと思っている」

「極上………」

「飲んでみるか？」

「えっ？　いいんですか？」

「さっき中学生と間違えたお詫びだ。最高級の抹茶を味わってくれ」

自分の作った抹茶に自信があるんだろう。幸四郎さんの瞳が輝いていた。

金属製の缶を開くと、鮮やかな緑色の粉末が見えた。

幸四郎さんは温めた白い茶碗に茶杓《ちゃしゃく》で二杯の抹茶を入れた。そこに急須で少なめのお湯を入れる。それを茶筅《ちゃせん》で素早く混ぜた。シャカシャカと音がして、黄緑色の泡が立つ。

幸四郎さんはその茶碗を僕に差し出した。

「作法は気にするな。好きに飲んでくれ」

「あ、ありがとうございます」

僕は受け取った茶碗に視線を落とす。甘露堂で出している抹茶より、少し色が鮮やかで、香りが強い。でも、百グラム四万円以上の味の差が出るんだろうか…………。

茶碗を口元に寄せ、一口飲む。

「あ…………」

たった一口飲んだだけでも、今まで飲んでいた抹茶との違いがわかった。苦みがなく旨味があり、喉ごしがいい。香りもよく、頭の中に美しい森のイメージが浮かび上がる。

「はぁ…………」

僕は抹茶を飲み干し、息を吐き出した。

「こんなに美味しく感じるなんて…………」

「そうだろ」

幸四郎さんの頬が緩んだ。

「高級な抹茶は濃茶がいいが、こうやって薄茶でも味の違いは明確なんだ。だから、これを飲んだ奴は、たいてい、譲ってくれと頭を下げてくる。百グラム五万以上出すなんて、料理屋の女将もいたよ」

「その価値があると思います」

僕は空になった茶碗を見つめた。

「こんな美味しい抹茶を幸四郎さんは作れるんですね」

「まあ、こいつは自分のために作った抹茶だからな。夕食の後にこいつを飲むのが楽しみなんだ。それを安く譲れって言うのか？」

「ぜひ！」

冬夜がにこにこと笑いながら、抹茶を飲み干す。

「やっぱり、この抹茶は最高です。だから、これで甘味を作ってみたいんです」

「うーん……………」

「お願いしますよ。こっちも神さんに食べてもらうんやから、金は取れないし」

「それはそっちの事情だろ？」

「でも、神さんに味わってもらうんは幸四郎さんにとっても光栄でしょ？」

「まあ…………な」

幸四郎さんはまぶたを閉じて腕を組む。

「…………よし！　それなら お前も俺の頼みを聞いてくれ」

「頼み…………ですか？」

「ああ。ちょっと困っていることがあるんだ。ナリソコナイのことでな」

「ナリソコナイ…………」

冬夜が眉間にしわを寄せる。

「実はな、この先の山の中に小さな茶畑があるんだ」

「もしかして、この抹茶用のですか？」

「そうだ。そこの茶畑をナリソコナイが荒らしているんだよ」

幸四郎さんが困った顔で頭をかいた。

「一週間ぐらい前からな、新芽が勝手に摘まれていて、最初はあの畑のことを知ってる同業者かと思ったんだ。だが、盗まれるにしては量が少なすぎる。それで気になって、監視してたんだ」

「そこでナリソコナイを視たんですね」

「間違いないと思う。二足歩行する猫だったからな」

「二足歩行の猫？」

「ああ。古い着物を着てて、俺が声をかけたら、あっという間に山の中に逃げていったよ」

「それはナリソコナイでしょうね。あ、幸四郎さんはナリソコナイが視える体質なんや」

冬夜が僕に説明した。

「じゃあ、幸四郎さんも『神様の恩恵』を受けているってこと?」

「いや、この人はもともと霊感が強いんよ。だから、姿を消している神さんやナリソコナイも視ることができる。そのことが縁で幸四郎さんと知り合ったんや。と、話がそれたな。それで幸四郎さん。そのナリソコナイを僕たちがなんとかしろと?」

「という提案だ。一度や二度なら少量だしいいかと思ったが、昨日も盗まれてな。かといって、俺がずっと監視する時間はない。猫の手を借りたいぐらい忙しいし、他の畑の管理もある。それに雇っているバイトにナリソコナイの監視は無理だからな」

幸四郎さんは最高級の抹茶が入った缶に触れる。

「瑞樹君も甘露堂で働いているんなら、視えるんだろ?」

「ええ。こいつも神さんとナリソコナイが視えるようになってます。でも、監視って、ずっとは無理ですよ。僕と瑞樹は高校生だから」

「それなら今日と明日の夕方まででいい。明日も休みだろ?」

「泊まり込みで畑を見張れってことですか?」

「百グラム四万以上の抹茶が安く手に入るのなら、いい仕事だと思わないか?　それに飯も出してやるし、食後の抹茶も飲ませてやるぞ」

「…………いや、でもなぁ」

「こういう時はギブアンドテイクだろ」

「はぁ…………」

冬夜が僕に視線を向ける。

「瑞樹、今日は泊まりで大丈夫か？」

「う、うん。姉さんにはスマホで連絡できるから」

「それなら、つき合ってくれ。当然、バイト料も出すから」

「よし！　決まりだ！」

幸四郎さんがパンと両手を叩いた。

「それじゃあ、早速、茶畑に案内しよう。なんとか明日までにナリソコナイを追い払ってくれよ」

「そのナリソコナイが茶畑に現れなくても報酬《ほうしゅう》の抹茶はもらいますからね」

冬夜はやっかいな仕事を押しつけられたサラリーマンのように深く息を吐き出した。

家から出て、幅一メートルもない山道を百メートル程進むと、林の中に小さな茶畑が見えた。工事現場の足場を組むような形で鉄パイプが組み合わさっていて、その上部は被覆資材が張ってあった。

「ここが、あの抹茶用の茶畑だ」

「あぁ…………幸四郎さんがこだわって育ててるだけありますね」

冬夜が茶畑を眺めながら、何度もうなずいた。

「葉の色がええし、香りも上品です。土にもこだわっているみたいですね」

「さすが、甘露堂のオーナーだな。茶畑の質もわかるか」

「甘味処ではお茶の味も重要ですからね。で、荒らされた場所はどこですか？」

「こっちだ」

幸四郎さんは山頂の方向にある茶の木を指差す。

「あの辺りの茶葉が摘まれていてな。そこに二足歩行の猫がいたんだ」

「ってことは、山頂のほうに棲み家がありそうやな…………」

冬夜は鋭い目で周囲の林を確認する。

「幸四郎さんがナリソコナイを視たのは夜ですか？」

「朝方だったな。だが、茶葉を摘んでいる時間はばらばらのようだ。人間がいないのを確認して、ここに来てるんだろうな」

「僕たちが姿を見せてたら、ダメってことか。それなら監視する場所はあの辺でえか。茶畑全体を見渡せそうやしな」

そう言って、冬夜は野草の生えた斜面の上方に視線を向けた。

斜面の上にブルーシートを敷いて、僕と冬夜はその上に座り込んだ。目の前に茂みがあり、枝葉のすき間から茶畑を見ることができる。逆に茶畑側から、僕たちの姿を見るのは難しいだろう。

スマートフォンで時間を確認すると、午後五時を過ぎていた。もうすぐ、この辺りも暗くなる。

「山の中で野宿か……」

「たまにはこんな経験もありやろ」

隣に座っていた冬夜が座り込んだ状態で背筋を伸ばす。

「姉さんは泊まりを許してくれたみたいやし」

「でも、冬夜といっしょに泊まるって言ったら、気をつけろって言われたよ」

「気をつける?」

「冬夜が僕を狙ってると思ってるんだよ」

「狙ってる？　ああ…………うちのクラスの腐女子ーズと同じ思考か」

冬夜は呆れた顔で頭をかく。

「姉さんも心配なんやろ。お前は華奢な体格しとるからな」

「小説家だし、想像力が豊かなんだよ」

「楽しそうやな」

「めんどくさい性格だけどね。あんなんだから恋人ができないんだよ」

「かわいい弟がいるせいもあるやろ」

「僕のせいってこと？」

「大切な家族だろうし、お前は愛玩《あいがん》動物的な魅力があるからな」

僕の頭に冬夜が手を乗せる。

「しっぽをぶんぶん振っとる子犬みたいな感じや」

「なんだよ、それ」

「ええやないか。そういうタイプが好きな女子も多いし」

「うーん………」

「ん？　好感持たれるのが不満なんか？」

「いや、男として見てもらえてない気がして」

「それはしょうがないやろ。お前は背が低いし、童顔やから」

冬夜の言葉に、僕の頬が膨らんだ。

「………高校卒業するまでには、冬夜の身長を抜くから」

「ほーっ、そりゃ楽しみやな」

冬夜は子供の戯《ざ》れ言《ごと》を聞いているような顔で笑った。


周囲の景色がオレンジ色に変わる頃、幸四郎さんが大きなバスケットを持って、僕たちのところにやってきた。

「夕飯を持ってきたぞ。腹が減っただろ」

そう言って、幸四郎さんはバスケットの蓋を開く。そこには、小麦色のパンが入っていた。パンは細長い形で真ん中に切れ目が入っている。そこに厚切りのベーコンが挟まれ、溶けたチーズがその上に乗っていた。チーズと焼いたベーコンの香りが食欲を刺激する。

「これは美味しそうですね」

冬夜がパンを二つ手に取り、そのうちの一つを僕に渡した。

「幸四郎さんが作ったんですか？」

「ああ。俺のお気に入りなんだ」

幸四郎さんもバスケットからパンを取り出す。

「ベーコンは無添加だし、チーズは北海道産だ。シンプルな料理だが美味いぞ。食え食え！」

「は、はい。いただきます」

僕はまだ温かいパンにかぶりついた。パンとベーコン、そしてチーズが口の中で混ざり合う。うん……………これはいいな。パンとベーコンは相性がいいし、溶けたチーズが味をまとめている。あ、パンの切れ目にマスタードを塗ってあるのか。

「美味しいです。パンも軽く焼いているんですね」

「ああ。そのほうが香ばしさも出るからな。単純な料理だが悪くないだろ？」

「はい。チーズがたっぷり乗ってるのもいいです」

「俺はチーズが好きだからな。チーズフォンデュもよく作るぞ」

「チーズフォンデュって、溶けたチーズにパンをつけて食べる料理でしたっけ？」

「そうだ。俺はジャガイモやウィンナーも具材にするがな」

幸四郎さんの言葉に冬夜がくすりと笑った。

「そろそろ幸四郎さんは嫁さんもらったほうがええんじゃないですか？　独身も飽きたでしょ？」

「うるさいっ！　言っとくがモテないわけじゃないんだぞ。仕事が忙しくてデートする暇がないだけだ！」

「言い訳ですね。仕事が忙しい男性もいっぱい結婚していますから」

「じゃあ、お前はどうなんだ？　どうせ、お前も彼女いないんだろ？　外見は完璧なくせに理屈っぽいから」

「僕は若いから、まだ大丈夫です」

「ふんっ！　そんなこと言ってると、すぐに三十代になるからな」

「そんな経験があるみたいですね」

「ぐっ！　なっ、なあ、瑞樹君」

「はい？」

「冬夜みたいな男になるなよ。こんな情が薄くて冷たい男にはな」

「……………そうですね」

「おい、瑞樹」

冬夜が不満げな声を出す。

「お前は俺の味方やないんか？」

「幸四郎さんには美味しいパンをご馳走になっているから」

「おおっ！　瑞樹君はわかってるな」

幸四郎さんが白い八重歯を見せた。

「食後の抹茶は君だけに飲ませてあげよう。冬夜は水でいいな」

「えーっ、大人げないですよ、幸四郎さん」

「ああ。俺は永遠の少年だからな。抹茶を飲みたければ俺に敬意を払え！」

文句を言い合いながらも二人の表情に怒りの感情は浮かんでいなかった。本当は仲がいいんだろうな。

二人の言い合いを聞きながら、僕は残ったパンを口の中に放り込んだ。

夜空にぽっかりと浮かんだ月が林の中の茶畑を照らしていた。さわさわと枝葉が風に揺れ、山の中の澄んだ空気が冷えた気がした。

スマートフォンで時間を確認すると、午前二時になっている。

「本当にナリソコナイが現れるのかな？」

僕の疑問に答える者はいない。視線を横に向けると、冬夜が毛布にくるまれて眠っていた。二時間ごとに交代することを決めたからだ。

「あ……そろそろ交代の時間か……」

僕は冬夜の頭にそっと触れた。

「冬夜………」

冬夜の反応はなく、微かに寝息が聞こえている。まぶたを閉じ、唇を半開きにした姿はいつもより幼く見えた。

そういや、冬夜はいつも朝早く起きて、甘露堂で仕事をしているんだよな。それに学校もあるし、疲れているのかもしれない。

「まあ、いいか………」

僕は冬夜を起こすのを止めて、視線を茶畑に戻した。

この時間を利用して、創作スイーツのアイデアでも考えるかな。

カサカサ……カサカサ……。

周囲の景色が明るくなってきた午前五時、茶畑の奥の茂みが不自然に揺れた。

「んっ………？」

僕は眠い目をこすりながら、揺れている茂みに視線を合わせる。

数秒後、茂みをかき分けて、二足歩行の猫が現れた。猫は身長が一メートルぐらいで、毛の柄は茶トラだった。頭部が普通の猫より大きくて、ぬいぐるみのような外見をしている。なんか、ゆるキャラみたいだな。

猫は黄金色に輝く瞳で周囲を見回して、茶畑に近づく。そして普通の猫より大きな手（前脚？）で茶葉をむしり始めた。

「とっ、冬夜っ！」

僕は眠っている冬夜の肩を揺さぶった。

「…………ん？　なんや？」

「ナリソコナイだよ。ナリソコナイが現れた」

「そうか…………大変やな」

冬夜はまぶたを閉じたまま、唇を動かす。

「冬夜っ！」

「…………あ、そうか。見張りしてたんやったな」

上半身を起こして、冬夜は大きく背伸びをした。

「すまん。いつもの布団と枕でないと、寝起きが悪くなるんや。で、どこにナリソコナイがいる？」

「あそこだよ」

僕が指差した方向に、冬夜は視線を向けた。

「…………あいつか。あんまり悪意を感じないな。外見も猫の着ぐるみにしか見えん」

「で、どうやって捕まえるの？」

「桜蛇を使って、動けなくする手もあるが…………」

「あーっ、あの蛇のナリソコナイだね」

「ああ。ただ、のっけから攻撃的にならなくてもええか。問題はあいつが何故、茶葉を摘んでいるかやな」

「猫って、お茶の葉食べるっけ？」

「食べへんし、お茶を飲ませるのもダメや。だけど、あれはナリソコナイやからな。普通の猫とは違う」

冬夜はこぶしを口元に寄せて、ナリソコナイをじっと見つめる。

「よし！　まずは棲み家を見つけるか。瑞樹、あいつの跡をつけるぞ」

「この場は見逃すってこと？」

「そのほうが間違いがないやろ。棲み家をつきとめれば茶葉を盗む理由もわかるかもしれんしな」

「わかった。じゃあ、僕が追いかけて、スマホで冬夜に連絡するよ」

僕はナリソコナイに見つからないように、静かに立ち上がった。

数分後、ナリソコナイは摘んだ茶葉を風呂敷の包みに入れて、茂みの中に入った。僕もその跡を追って茂みに入る。ナリソコナイは道のない斜面を二足歩行で登り続ける。なかなかのスピードだけど、『神様の恩恵』で運動能力がアップしている僕なら問題なく追いかけることができる。

僕はスマートフォンで冬夜に位置を教えながら、早朝の山の中を歩き続けた。

やがて、ナリソコナイは竹林の中にある山小屋に入っていった。その山小屋はぼろぼろで人が使っている様子はなかった。窓ガラスは埃だらけで一部が割れている。

「こんな場所に棲んでるのか…………」

十五分後、僕は冬夜と合流した。冬夜は肩で息をしながら、額の汗を拭った。

「ここに……ナリソコナイが……入ったんか？」

「うん。あの扉以外に出入り口はないから、まだ、中にいると思う」

「…………そうか。とりあえず…………中を確認するか」

「大丈夫？」

「あ……ああ。お前と違って、こっちは普通の体だからな。さすがに山の中を走るのは…………疲れたよ」

そう言って、冬夜は歩き出す。よく見たら、服とズボンに落ち葉がついている。どこかで転んだんだろう。そんな姿でもかっこ悪く見えないのが、冬夜のすごいところだな。

僕と冬夜は埃だらけの窓から、山小屋の中を覗いた。山小屋の中には畳が敷かれていて、中央には囲炉裏《いろり》があった。囲炉裏の上には赤茶色のやかんが掛けられていて、奥の棚には茶碗が数個並べられていた。ナリソコナイはさっき摘んでいた茶葉をフライパンに入れて、火にかける。

「何をやってるんだろう？　お茶の葉を焼いて食べる気なのかな？」

「それか、お茶を飲むつもりかもしれんな」

いっしょに山小屋の中を見ていた冬夜が言った。

「お茶を飲むナリソコナイか………」

「ナリソコナイも飲み食いはするからな。別に変なことやない」

「どうしようか？」

「とりあえず火も使えるようやし、知性も高いようや。まずは話してみるか」

冬夜は窓から離れて、扉に向かった。その扉を軽くノックしてから開く。

「にゃっ！」

ナリソコナイは猫のような鳴き声を上げて、黄金色の瞳を大きく開いた。

「あなたたちは？」

「人間の言葉を喋れるようやな。僕たちは茶畑の持ち主の知人や」

「あ…………」

ナリソコナイはぱちぱちとまぶたを動かした。顔は猫そのものだけど、表情は人間っぽい。自分が悪いことをしたとわかっているようだ。

「ごっ、ごめんなさいなのです」

ナリソコナイはぺこぺこと何度も頭を下げた。

「チャタロウはお茶の葉っぱが欲しかったんです。あの畑の葉っぱがいい物だって、人間が話していたので」

「お茶を飲みたかったんか？」

冬夜の質問に、ナリソコナイ――チャタロウは首を左右に振った。

「美味しいお茶を人間に飲ませたかったんです」

「人間に？」

「はい。そうすれば、また、飼ってもらえるかもしれないんです」

昔のことを思い出したのか、チャタロウの目が細くなった。

「チャタロウは梅子《うめこ》さんに飼われていたのです。梅子さんはお年寄りで動くのがゆっくりしてるけど、すごく優しいのです。いつも縁側でお茶を飲んでいました。でも、病気になって、死んでしまったので、チャタロウはこの山に捨てられたのです」

「捨てられたって……。チャタロウ」

僕はチャタロウに声をかけた。

「梅子さんの家族はいなかったの？　梅子さんが亡くなっても、家族がいれば捨てられることはないんじゃ？」

「梅子さんの娘さんとそのお婿さんと子供が二人いました。でも、引っ越しすることになって、チャタロウはいらないって言われたんです」

「いらない………」

「きっと、チャタロウが役立たずだったからです。ネズミも捕まえることができなかったから」

チャタロウは寂しそうな顔をして、自分の肉球を見つめる。

「山の中での生活は大変なのです。水を飲む場所は見つけたのですが、ご飯がなかったのです。すぐにお腹が空いて動けなくなりました。何も考えることができなくて、目も見えなくなりました。でも、いつの間にか元気になったのです。そして、人間みたいに二本足で歩けるようになりました」

「そうか………」

きっと、猫のチャタロウはその時に死んだんだろうな。そして、ナリソコナイとして生まれ変わったんだ。

僕は奥歯を強く噛み締めた。誰か知らないけど、飼っていた猫を捨てるなんてありえない。そんなの無責任だ。

「チャタロウは人間の言葉を喋れるようになりました。それにお茶もいれることができるんです。人間はお茶を飲むのが好きです。だから、今度は捨てられないのです」

「それは難しいと思うぞ」

冬夜が低い声で言った。

「お前はナリソコナイになってるからな」

「ナリソコナイ？」

チャタロウがぱちぱちとまぶたを動かす。

「神さんになりそこなったもんや。普通の人間にナリソコナイは視えんから、ペットとして飼われることもない」

「お茶をいれることができてもダメなのですか？」

「ダメや。それ以前に、お前は茶葉を盗んだんや。人間の法律にナリソコナイが従う必要はないが、その行動が迷惑をかけていることは理解したほうがええ」

「にゃっ！　そうでした。チャタロウはいけないことをしたのです」

しょんぼりとチャタロウが肩を落とす。

「もう、あの畑の葉っぱは盗りません。ごめんなさいです」

「それなら、こっちの問題は解決や」

冬夜はチャタロウの頭を撫でる。

「お前、お茶をいれることができるんやな？」

「はい。チャタロウはお茶をいれるのが得意なんです」

「それなら、一杯飲ませてくれ。さっきからノドがからからなんや」

そう言って、冬夜は古い畳の上に座り込んだ。


「うっ………」

そのお茶を飲んだ瞬間、口の中に青臭さと苦みが広がった。

「なんだ、こりゃ？」

冬夜が眉間にしわを寄せて、チャタロウを睨みつける。

「どこが得意なんや？」

「美味しくないですか？」

チャタロウが驚いた顔で、自分のいれたお茶を見つめた。

「論外や。本格的な茶を期待してたわけやないが、これはひどすぎるわ」

「なにが悪いのでしょうか？」

「生葉の蒸し方も乾燥の仕方も自己流やろしな。茶葉がよくても、それじゃあ、美味いお茶にはならん」

「そうでしたか……」

「で、どうするんや？　仮にお前がお茶を美味くいれることができるようになっても、人間に飼われることはないぞ」

「それでも、美味しいお茶をいれられるようになりたいのです」

チャタロウはきっぱりと言った。

「人間のお役に立ちたいのです。それに人間が死んだら天国に行くって聞きました。チャタロウも死んだら天国に行って、梅子さんに美味しいお茶を飲んでもらえます」

「……そうか」

冬夜はまぶたを閉じて唇を結んだ。何かを考えているようだ。

チャタロウは悪いナリソコナイじゃない。たしかに幸四郎さんの茶畑を荒らしたけど、ちゃんと謝ってくれたし、もう茶葉を盗らないと約束してくれた。それにチャタロウを捨てたのは人間なんだ。

僕は視線を動かす。ぼろぼろの山小屋の中には、チャタロウが集めた茶葉とお茶の道具しかない。お茶をいれることができたら、人間に捨てられないと思って…………。

「よしっ！」

冬夜はチャタロウの肩を軽く叩いた。

「とりあえず、幸四郎さんのところに戻るか。お前もついてきてもらうぞ」

「なるほど。そういう事情か…………」

客間で幸四郎さんがため息をついた。ぼさぼさの髪をかき上げて、正座しているチャタロウを見つめる。

「…………まあ、二度とあの茶畑を荒らさないと約束するのなら許してやるよ」

「ありがとうです。ありがとうなのです」

チャタロウはぺこぺこと頭を下げる。

「それで、幸四郎さん」

冬夜がチャタロウの頭に手を乗せる。

「許すついでに、こいつを雇ってくれませんか？」

「やっ、雇う？　そのナリソコナイをか？」

冬夜の言葉に、幸四郎さんの目が丸くなった。

「お前、何言ってるんだ？　ナリソコナイを雇えるわけないだろ？」

「前に言ってたじゃないですか。猫の手も借りたいって」

「それは人間の手伝いが欲しいって意味だっ！」

「別に人間じゃなくてもいいでしょ。チャタロウは二足歩行で歩けるし、お茶にこだわりがあるんです」

「いや、しかし、ナリソコナイが他の人間に視えなくても、いっしょに茶摘みをさせるわけにはいかんだろ」

「あの茶畑で働かせればええやないですか」

冬夜は視線を茶畑のある方向に向ける。

「自分だけで、あの茶畑を管理するのは大変ですよね。それにチャタロウはバイト代なしで働いてくれますよ。非売品の抹茶を作るには最高のパートナーだと思いませんか？」

「しかしなぁ…………」

幸四郎さんはじっとチャタロウを見つめた。

「…………お前、美味いお茶をいれたいのか？」

「は、はい！　チャタロウは人間の役に立ちたいのです」

「美味い茶をいれるには、いい茶葉が必要だ。その茶葉を蒸して乾燥させて、茶臼で挽く。その工程も重要だ。もちろん、茶畑作りもな。それを全部覚える気があるか？」

「覚えます！　チャタロウ頑張って覚えます！」

チャタロウは幸四郎さんの前で額を床にこすりつけた。

「わかった。お前を俺の弟子にしてやる！　しっかり働けよ」

その言葉を聞いて、僕の心がすっと軽くなった。隣にいる冬夜が僕の肩を叩く。

「これで、最高級の抹茶が手に入ったな」

「チャタロウの願いも叶いそうだしね」

「ああ。チャタロウなら真面目に働くだろうし、幸四郎さんも助かると思うぞ」

「うん………」

瞳を輝かせているチャタロウの表情は嬉しそうに見えた。飼われるわけじゃないけど、人間と関われることを喜んでいるのかもしれない。

いや、ペットになるより、幸四郎さんの弟子になるほうがいいはずだ。幸四郎さんは茶農家でお茶に詳しいから。もし、天国があるのなら、いつかチャタロウは梅子さんと再会するだろう。そして、チャタロウは梅子さんに美味しいお茶をいれてあげるんだろうな。

神様やナリソコナイがいるんだから、きっと、天国もあると思うし。

「これが最高級の抹茶か…………」

甘露堂の厨房で、武雄さんが缶の中に入った抹茶を覗き込んだ。

「…………香りがいいな。色も鮮やかだし、粒が細かい。これで甘味を作るのは相当の贅沢だな」

「今回限りですけどね」

冬夜が肩をすくめる。

「手に入ったのはそれだけですから」

「まあ、茉莉さんたちの接待に使う分なら、これだけあれば大丈夫だろう。問題は何を作るかだな」

「抹茶のイチゴケーキはどうかなぁー」

雛子さんが提案する。

「悪くはないが、驚きは少ないだろうな。それなりにある甘味だ」

「そんなら、武雄さんは何を考えたの？」

「抹茶風味のレアチーズケーキはどうだ？」

「それかてよくある甘味やと思うけど？」

「うっ！　やっぱり、そう思うか。間に挟むものでオリジナリティを出そうと思ってるんだが」

「何を挟むつもりなん？」

「それこそ、イチゴでもいいかもな」

「色は綺麗になりそうやねぇー。緑に赤に黄色になるし」

「真上から見たら、抹茶の緑だけしか見えないがな」

そう言って、武雄さんは冬夜に視線を向ける。

「冬夜はどんな甘味を考えたんだ？」

「抹茶のアイスクリームと抹茶の団子なんかどうですか？　団子のほうは熱くして」

「……………ああ。冷たいのと熱いのを同時に出すのか」

「はい。どっちもよくある甘味ですけど、組み合わせると面白いかなと」

「悪くないアイデアだな。ただ、色は緑だけになるか」

「そうですね。見栄えはいまいちか。おうすの色も緑やし」

冬夜は細く整った眉を動かす。

「瑞樹は何かアイデアないんか？」

「えーと…………」

僕は昨日の夜に考えていたことを思い出す。

「抹茶フォンデュはどうかな？」

「抹茶フォンデュか…………」

「うん。昨日、幸四郎さんがチーズフォンデュの話をしてたんで、思いついたんだ。抹茶のソースにいろんなお菓子をつけて食べたら、美味しいんじゃないかなって」

「それはええな」

冬夜の声のトーンが明るくなった。

「抹茶のソースを熱くして、それにアイスや団子をつけて食べるのは面白そうや」

「たしかに、そのアイデアはいいな」

武雄さんがアゴを擦《さす》りながらうなずく。

「抹茶フォンデュを出している店はあるんだが、何をつけるかはばらばらだからな。うちの店なりのオリジナリティが出せそうだ」

「それに見栄えのええ甘味やし、具材によって、いろんな味を楽しむことができるか」

「抹茶フォンデュでいってみるか？」

「……………ええ。武雄さんはあの抹茶で最高のソースを作ってください。僕たちはそのソースにつける甘味を考えますから」

冬夜が僕の頭に手を乗せる。

「お前のおかげで、甘味が決まったな」

「役に立てたのならよかったけど、他にも考えることがあるみたいだね」

「ああ。まだ、お前にも手伝ってもらうぞ。甘露堂オリジナルの抹茶フォンデュを作るためにな」

僕の髪の毛が冬夜の手でくしゃくしゃになる。それが少しだけ心地良かった。


一週間後の日曜日、閉店間際の甘露堂に茉莉さんがやってきた。茉莉さんの後ろには二《ふた》柱《はしら》の神様がいた。どっちも二十代ぐらいの女性の姿で、長袖の上着に紺色のズボンを着ている。茉莉さんは着物を着ているから神様っぽい感じもするけど、この二柱は人間みたいだ。髪の毛も茶色にしているし。

「ここが私のお気に入りの甘味処なの」

「へーっ、いい雰囲気だね」

二柱の神様はきょろきょろと店内を見回して、木製のイスに座る。

「店員さんもイケメンじゃん。名前は？」

「僕は神代冬夜で、この店のオーナーです。で、隣にいるのがバイトの天野瑞樹です」

冬夜が神様の質問に答えた。

「本日はご来店いただき、ありがとうございます。特別な甘味を用意しておりますから、少々お待ちください」

「おおーっ、声もいいじゃん。これが京男子かぁー」

「冬夜君はそうだけど、瑞樹君は東京出身よ」

茉莉さんが僕を指差して言った。

「で、こっちのショートボブが八重《やえ》、セミロングのふっくら系が紫苑《しおん》ね。どっちも私と同じ付喪神なの」

「ちょっと、茉莉！」

紫苑さんが頬を膨らませた。

「その紹介はないでしょ。ふっくらよりもっと特徴あるところあるじゃない。色っぽい泣きぼくろとか、ぱっちりとした二重まぶたとか」

「太ってるとは言ってないでしょ」

「そんなのごまかしだよ。私が気にしてるの知ってるくせに」

紫苑さんはわざとらしく泣き真似をする。その仕草はやっぱり人間っぽい。

「まあ、私たちは食べ物で太ることはないから、それだけは幸せよね」

「それなら、たくさん召し上がってください」

冬夜が切れ長の目を細くして、にっこりと微笑んだ。

「今からお出しする甘味は皆さんのために特別に用意したものですから」

「それは楽しみね。期待してるから」

「では、少々お待ちください」

冬夜は深く頭を下げて、背後にいた雛子さんに合図を送る。雛子さんは無言でうなずいて、厨房に向かった。

自分の心臓の音が速くなっている気がする。あの創作スイーツは、昨日の夜に完成したばかりだ。ぎりぎりまで味の調整をして、並べ方や器にもこだわった。

気に入ってもらえるといいな。

五分後、武雄さんと雛子さんが漆塗りのお盆を持って姿を見せた。二人はテーブルにそのお盆を並べた。

「うわっ、綺麗………」

茉莉さんは両目をぱっと開いて、お盆の上に載っている創作スイーツに顔を近づける。

色鮮やかなイチゴと輪切りにしたバナナ、立方体の形をしたレアチーズケーキとパウンドケーキ、透き通った水を固めたような団子にバニラとチョコのアイスクリーム。そして、火に炙《あぶ》られている黄緑色の抹茶のソース。

周囲に甘くて上品な抹茶の香りが漂い始める。

「はぁ…………」

半開きにしていた口を八重さんが動かした。

「これって、抹茶フォンデュだよね？」

「はい。東京にいらっしゃる方なら食べたことがあるかもしれませんが、うちの店のはひと味違いますよ」

「う、うん。抹茶の香りが違うし、どれも美味しそう」

「では、ごゆっくり」

冬夜は後ずさりして、僕の横に並んだ。

茉莉さんたちは夜空の星のように瞳を輝かせて、創作スイーツを食べ始めた。

「…………んーっ、この抹茶のソース、すっごく美味しいよ」

「うん。レアチーズケーキと合うねー」

「アイスもいいよ。熱いソースをつけて食べると最高っ！」

「この透明な団子も美味しい。上品な甘さがあってさー。抹茶のソースと絡めると宝石みたい」

「ああっ、しまった。食べる前にスマホで写真撮っとけばよかった。すごく綺麗だったのにぃー」

「あんた、スマホ持ってんの？」

「最近、手に入れて使ってるんだよね。いろいろ役に立つよ。ほんと、人間ってすごいよねー」

「神様なのにスマホ使いこなしてるあんたのほうがすごいって。どうやって手に入れたの？」

「仲良くしてる人間からもらったの」

楽しそうにお喋りしながら創作スイーツを食べている茉莉さんたちの姿に、僕の頬が緩んだ。どうやら気に入ってもらえたらしい。

隣にいる冬夜も満足げに何度もうなずいている。

「よかったね、冬夜」

「ああ。苦労したかいがあったな」

「本当に武雄さんはすごいよ」

レアチーズケーキとパウンドケーキはそのまま食べても美味しかったし、透明の団子は見た目も食感もいい。バニラとチョコのアイスも武雄さんの手作りで、イチゴとバナナも添えて、色合いもばっちりだ。そして、最高級の抹茶を使ったソースはその全てに合うように味を調えてある。

こんなに美味しいお菓子を作れるのは『神様の恩恵』の力だけじゃない。武雄さんのお菓子に対する情熱や努力の成果なんだろうな。

「この甘味が完成したのは武雄さんのおかげやけど、お前も役に立ったんだからな」

「僕も？」

「創作スイーツのアイデアを出したのはお前やろ」

「でも、抹茶フォンデュは、もうあったんだよね？」

「それでもや。お前の提案で抹茶フォンデュにすることを決めたんやからな。それに、あの抹茶を手に入れるために頑張ってくれたからな」

冬夜は右手で僕の背中に触れる。

「お前、甘味作りの才能があるのかもしれんな」

「えっ？　それはないと思うよ」

「いや。抹茶フォンデュのアイデアのこともあるし、甘味の下ごしらえも丁寧にやっとる。

味覚も武雄さんには勝てへんけど悪くない。きっと、ええパティシエになれるぞ」

「パティシエか………」

「甘味作りはイヤか？」

「………いや」

僕は首を左右に振る。甘露堂でバイトを始めた頃は、お菓子への興味は薄かった。でも、こうやって、接客をして、お菓子の下ごしらえをしているうちに、この仕事が楽しくなってきたのは事実だな。

視線を動かすと、幸せそうな顔でお菓子を頬ばっている茉莉さんの姿が目に入った。あんな笑顔を見ることができる仕事って悪くないよな。こっちも幸せな気分になるし。

来年は僕も高校三年生になる。ちゃんと将来のことも考えておかないとな。

いつまでも姉さんに頼るわけにはいかないから。

「そうそう。お前に礼を言ってなかったな」

「礼？」

「幸四郎さんのところに行った時や。交代で茶畑を監視するはずやったのに、僕を起こさんかったやろ」

「あーっ、あの時は冬夜が疲れてると思ってさ。それに、僕は『神様の恩恵』で体力があるし」

「そんな気配りができるんも接客業向きかもしれんな」

冬夜は、ぐっと顔を僕に近づける。

「やっぱり、お前、高校卒業したら甘露堂の正社員になれ！」

「えっ、命令っ？」

「ええやないか。こんなに魅力的な職場はないぞ。神さんに奉仕できるし、美味い甘味をいつでも食べることができる。それに………」

「それに？」

「優しい上司の元で働くのは幸せだろ？」

そう言って、冬夜は吸い込まれるような笑顔を見せた。

双葉文庫

く-22-02

京都《きょうと》の甘味処《かんみどころ》は神様専用《かみさませんよう》です

2017年5月14日　第1刷発行

【著者】
桑野和明《くわのかずあき》

【発行者】
稲垣潔
【発行所】
株式会社双葉社
〒162-8540 東京都新宿区東五軒町3番28号
［電話］03-5261-4818（営業）　03-5261-4851（編集）
www.futabasha.co.jp
（双葉社の書籍・コミックが買えます）
【印刷所】
中央精版印刷株式会社
【製本所】
中央精版印刷株式会社

【表紙・扉絵】南伸坊
【フォーマット・デザイン】日下潤一
【フォーマットデジタル印字】恒和プロセス

落丁・乱丁の場合は送料双葉社負担でお取り替えいたします。
「製作部」宛にお送りください。
ただし、古書店で購入したものについてはお取り替えできません。
［電話］03-5261-4822（製作部）

定価はカバーに表示してあります。

ISBN978-4-575-52002-6 C0193
Printed in Japan